The Gifted Gene and My Lovable

创作的基因

MEMES

我所爱着的MEME们

KOJIMA HIDEO

[日] 小岛秀夫 /著

The Sorrow/ 译

新星出版社　NEW STAR PRESS

The Gifted Gene and My Lovable
MEMES

CONTENTS
目录

前言
MEME如何将我们连接在一起　　*005*

第一章
我所爱着的MEME们　　*013*

第二章
在某一天，某个地方，喜欢上的那些种种　　*135*

结语
从MEME到连接　　*219*

对谈
连接是什么？　星野源×小岛秀夫　　*227*

[前言]

MEME如何将我们连接在一起

前言

"我无法想象没有书的世界。"

在本书的原版《我所爱着的MEME们》的序言上，我曾如此写道。即使过去了六年，这点仍未改变。

但是，我和我周围的环境发生了翻天覆地的变化。

2014年3月《潜龙谍影5 原爆点》、2015年9月《潜龙谍影5 幻痛》相继发售。同年，我从公司独立，创设了小岛工作室。

虽然也有过那么个一刻，我想暂别制作游戏的工作，过一些拍拍小成本电影、写写文章之类的生活，但为了回应全世界的朋友们和粉丝们的热切呼唤，我依旧选择了制作游戏这条路。

我租了一间不足十平米的小办公室，为了召集人手、寻找制作游戏的工具和引擎，正如字面表达的，短期内在全世界飞来飞去。员工增加后需要一间更大的办公室，又为了找新地方在东京都内到处奔走，而且那时候新游戏也已经开始制作，无论有多少时间都不够用。即使如此，我还是有一件每天必须要做的事情。

那就是去书店。

前往书店，翻阅书籍，遇到喜欢的就买下来，夜不释卷。出差的时候包里不放几本书我就难受，与其说这是一直以来的习惯，不如说已经是习性了。

因为父母忙于工作，我小时候就是所谓的挂钥匙儿童，晚上放

The Gifted Gene and My Lovable Memes

学后我都是第一个到家，随后打开家里的灯，开始看书。一人独自在家看书，是我每天的必修课。虽然也会感到孤独、寂寞，但那时拯救我的，就是书。

也许是父亲早亡的缘故，我身边没有可以当作榜样的优秀大人。但是，可以像大人、老师一般起到引导人生作用的存在，我在书里找到了。

读书、看电影是一种很棒的虚拟"体验"。

当然，实际出门去旅行，真切地去感受大地和空气也是很不错的。比起听别人说，肯定是自己亲自登山要好得多。可这也是有限度的。所以通过读书和观影，以虚拟体验的形式、共享别人的体验，是很有意义的。

可以体验那无法去往的过去与未来，可以体验无比遥远的世界，还可以成为与自己不同性别、不同民族的人。书虽然是一个人读的，但可以在不断展开的故事中共享众多陌生人的人生。

虽然是孤独的，但也是连接着的。

这种感觉从孩童时期就一直给予了我莫大的帮助。

所以我想通过本书，把书籍给予我的"连接着"的感觉也传达给别人。

这种连接的媒介，就是MEME（弥母）。相信很多人都知道，这是由进化生物学家理查德·道金斯所提出的概念。与生物学上的基因（GENE）不同，是指将文化、习惯、价值观之类的信息传承至下一世代。故事，可以说是MEME的一种形态。通过话语、文字，文化不停进行着传承。

就像人与人之间的连接通过基因进行着传递一样，人与书籍、电影之间的连接则由MEME所继承。

世界上有浩如烟海的书籍、电影、音乐。要把它们都体验一遍，当然是不可能的。所以，一生中和什么样的作品相遇并使它们留在我的生命中，有着十分重要的意义。

相遇是偶然的，也是命中注定的。谁也不知道在某处会有怎样的缘分在等待着自己。所以我决定不再傻傻地干等，我想以自己的意志行动，好好对待自己的选择。就和与人相遇一样。

所以我每天都去书店。

为了创造一次次相遇，雷打不动地去。

我每天都会和各种各样的书擦肩而过。让人莫名在意的书、引人入胜的书、直接无视的书，我与它们有着各种各样的联系。确认这些联系的同时，对我自己来说也是在寻找有意义的相遇。这能磨炼自己对作品的嗅觉。

书籍、电影、音乐，只要是人类的造物，就不可能每次都得到"恭喜中奖"，应该说百分之九十的情况都是"谢谢惠顾"。但在剩下的那百分之十中，就会有非常非常优秀的作品。我常常想，只要身处创作这个行当里，就一定要持续做出能够进入这百分之十领域里的作品来。

为此，我不断磨炼自己能够找出那些百分之十"中奖"作品的能力。话虽如此，但其实也没有做什么特别的事，就是去书店，买下感到与之有联系的书，读它。即使结果是"谢谢惠顾"也无妨，那是通往"中奖"的必经之路。阅读这种作品的时间绝不会白费，而是为了连接下一次邂逅所需的宝贵经验。

正是为了不忘记这点，我书库的大部分书里都夹有购买时的收据。看到收据上书店的店名和日期时，我回想起的不是书的内容，而是从书店出来前、一直到读完全书，品味余韵的那一刻，以及买这本书的书店和阅读该书的场所的记忆。

不管什么书，即使是很无聊的书，与它共同度过的记忆是只属于自己的，对自己来说也是一个特别的故事。

然后，带着对下一次相遇就会是那百分之十"恭喜中奖"的期待，再次前往书店。

因为每天都去的缘故，不知不觉间形成了固定的逛店路线。对于定点观察来说是很有效率，但相对的，逛书店的魅力和意义也减少了很多。固定了路线，就表示会错过很多别的东西。所以无论是去熟悉的书店还是新发现的书店，故意扰乱自己的思路、让自己感到困惑，就可以得到很有趣的体验。比如某家书店摆出的书就算和以往常去的书店一样，但店的规模、所在位置以及书的陈列方式各有不同，即使是同样的书也会有不同的体验。

这就好比同样一句话根据使用文法以及语境的不同，可以产生不同的意思。也比如同一个人在不同的人际关系中，会展现出不同的魅力一般。

所以我一遍又一遍地去书店，根本停不下来。

哪怕是网络和社交媒体日益发达的今天，书店仍是最前沿信息的聚集地。在店里逛上一圈，如今世上流行什么就能知道个大概。书店至今仍是世间的缩略图。

打个比方，即使并不关心NHK[a]的晨间剧，只要看到相关书籍摆出来好几种，就能得出"哦，这部剧集收视率不错"的结论。不认识的演员的写真集堆成一堆，就能知道这位现在必定人气很高。

---

a NHK，即日本放送协会，是日本第一家覆盖全国的广播电台及电视台。晨间剧为其制作出品的高人气电视剧系列。

体育、工具书、经济和商务用书，还有漫画角都扫上一圈，就相当于把世间俯瞰了一遍。

肯定会有人说这种信息在网上也能得知，但不是这样的。网络上的信息都经过了筛选，只能看到自己感兴趣的、喜欢的东西。身在书店的话，就算是自己并不关心的信息也会跃入眼中。书店有着网络所没有的脉络，当然，对熟练掌握网络使用方法的世代来说，网络也有它自己独有的脉络，从中也会诞生"邂逅"。我没有否定这点的意思，但我还是对书和书店情有独钟。

在可以亲手触碰书籍的书店里踱步，亲眼看着台子和书架上的书，选一本走向收银台，把收据夹在书里，悠然地阅读。

这种执着并不源于我这样的旧世代所谓的怀旧。选书、选电影，和选人是相通的，都有某种普遍性。

要在拥有大量书籍的书店里找出那百分之十的"中奖"，是需要前述的那种日积月累的锻炼。这可没办法用"小说""肯定好看"之类的关键词在店里进行搜索。找好书的方法和时间都是有限的。

看看封面，看看腰封上的推荐语，翻过来再看看封底的提要、后记和评论，再把内容大致扫两眼。基于这些线索，结合自己的感觉和价值观来判断这本书是否属于"中奖"。

判断一起工作的人、企划、项目以及各种各样的提案也是如此。这些全都和读完一本书之前一样，必须要在读之前就作出判断。

书也许可以用一句"不好看"就了结了，但关乎到工作和项目的话，则可能会演变成涉及很多人的惨剧。比如去某处旅行，在书里体验还好说，如果是现实中旅行出了什么问题的话，可是关乎性命的。

说起来，因为通过读书获得虚拟体验不会受伤，那就不如现实中的体验了吗？此言差矣。在书、电影里接触MEME，对于获得现实中所需的知识和智慧来说，也是一种货真价实的"体验"。

每天选书的行为，将会反哺现实。

值得庆幸的是，我的作品被评价为既有作者性，又有原创性。也可以说，这一点正是归功于我每天去书店选书的行为。用自己的眼睛和感性训练自己选出"中奖"的书，以形成我独有的价值观，为创作具有原创性的作品打下了坚实的基础。

当然，通过别人的意见和介绍来接触书与电影很有必要，但在打开书的瞬间，必须要以自己的感性和价值观去进入那个世界。

别人赞赏有加的东西你觉得无聊，这完全没有问题。因为那是出于你的价值观去判断的结果。如果因为那人夸奖了，你就也觉得有趣，那就和在社交平台上点个转发没什么区别了。那里就没有了"你"。即使说错了、意见不合也完全没必要在意。通过自己的眼睛和大脑找出"中奖"是无比美妙的一件事。我的"中奖"和你的"中奖"可能并不相同，这也挺好的。

为了传达这一点，我也许会创作一些作品、写写文章推荐一些电影和书。

本书收录的，只是我通过自己的双脚、眼睛和大脑所选出的极少一部分书与电影。这份名单，不，这份脉络使得小岛秀夫这个人得以进行创作。这些作品传达出的MEME给予了我创作以及活下去的能量。

无论哪部作品，自原作诞生以来都历经了漫长的岁月，但仍旧不失其魅力。所以在本书中，我想把这些MEME再一次交到"你"的手上。希望这些MEME能够将你我连接在一起。

【第一章 我所爱着的MEME们】

"未知的故事"的总称，
这就是"我们的科幻"

Inherit the Stars　James・P・Hogan
《星之继承者》詹姆斯·P.霍根/著

"我们的科幻"归来了。上世纪70—80年代的时候，科幻作品不仅仅是有着单纯的娱乐性，也蕴含着警示、恐怖和希望。《月球》这部电影让被幻想文学洗脑的我们猛然回想起科幻的本来面目。在充分展现科幻魅力的同时，舒缓地讨论哲学、对现代社会进行讽刺，正是"我们的科幻"。

这是我对2010年春天上映的电影《月球》所写下的一部分评语。在写完之后，忽然感到一股强烈的即视感，于是从书库里找来了詹姆斯·P.霍根所著的《星之继承者》。

我从小学五年级开始喜欢上了看书，那时候沉迷于世界各国的推理小说。小学毕业后一直到上大学期间，我都在看科幻作品。在我记忆中，这段时期完全没有看过科幻题材以外的读物，但即使如此，我在知识的摄取上也没有营养失衡。

我认为这是因为上世纪70年代的科幻作品尤其繁荣所致。在科幻这个餐桌上有着各种各样的食材，各式大厨用丰富多彩的手法调理这些材料。我所喜欢的作家从被称为御三家的阿西莫夫、克拉克、海因莱因开始，一直到冯内古特、乔治·奥威尔、安部公房，这些在不同领域中活跃的作家们奉献出了一部又一部佳作。科幻小说、幻想小说、后设小说[a]等等"未知的故事"的总称，就是"我们的科幻"。

但是，随着上世纪80年代《星球大战》的崛起，科幻渐渐向商业靠拢，只剩下一些形式上的东西。其结果便是食材的烹饪方法缺乏创意，太空歌剧和幻想文学充斥着大街小巷，"我们的科幻"开始没落，我也逐渐不再阅读和科幻有关的一切。直到某一天，我在书店里偶然间看到了这本《星之继承者》，慢慢读进去之后，终于感受到一种十分怀念的感觉。我与"我们的科幻"重逢了。

《星之继承者》不仅仅是拥有积极未来观的优质科幻小说，而是一种有别于"动机、凶手、手法"、以"为什么这里会有尸体？"为题材的全新本格推理小说。而且关于人类起源进行激烈科学议论的情节又有着不输于法庭辩论剧一般的紧张感。

月球表面上发现了一具穿着大红色宇航服的尸体。原子物理学家亨特博士对尸体做了这样的描述。

"这就是那具尸体。在你们发问前，我先来回答一些显而易见的问题。第一……答案是否，尸体的身份不明，我们就称他为查理吧。第二……答案也是否，到底是什么将这个男人置之死地，我无法断言。第三……答案仍旧是否，这个人到底是哪里来的，我们也不知道。

"从我们掌握的极少信息中可以得知，第一，查理不是至今建造过的任何一座月球基地里的人。不如说……（略）也不是已知的世界上任何一个国家的人。甚至连查理是不是地球人都不好说。

"先不管他到底是谁……查理已经死了五万年以上了。"

---

a 关注小说的虚构身份及其创作过程的小说。又称元小说、自反小说。

怎么样？可曾见过介绍如此引人入胜、情节令人感到震惊的小说？这已经超越以往硬科幻的范畴了，这是在试图打破长达五万年的不在场证明，科学家们宏伟探求真相的故事。解开这样一个谜团将给人带来无比的刺激与兴奋。这样的推理小说在推理界可谓前所未有，是一次向传统文学类别的挑战！

这才是我小时候熟悉的，曾带给我无与伦比奇妙感的"我们的科幻"。

可惜的是，2010年作者霍根化作星辰而去，本书既是他的出道作，也是代表作。可让人惊讶的是，就如同标题所说的那样，中途断绝的科幻文学的MEME（弥母），在新的世代又繁衍开来。这不是过去所说的"科幻的再燃"，深受霍根影响的被称为"零年代科幻"的年轻作家们（伊藤计划、冲方丁等）掀起的新运动就是最好的证明。

书中几次提到的"继承者"的真相，就这样被托付给了我们这些读者。实际上《星之继承者》中暗藏的谜团是准备创作四部曲的，但是这些答案无论是在月球、木星、木卫三还是冥王星上都没有。这些答案就在继承了霍根MEME（弥母）的"我们的世代"当中。揭示这些答案的人，将成为"星之继承者"。到那时，他在三十年前开创的"巨人们的星球系列"也定将迎来完结。

（2011年1月）

只要有粉丝们的热烈期望，故事就不会完结

《黑暗，带我走》 丹尼斯·勒翰/著
Darkness, Take My Hand　Dennis · Lehane

"系列这种东西，我觉得还是不能太长。就好比'那个系列的第十五本是最棒的！'，没听说过这种话吧。不管是哪个系列都必须有完结的一天。"

这是在写完"私人侦探帕德里克与安琪系列"（Patrick Kenzie&Angela Gennaro）的第五部后，作者丹尼斯·勒翰在访谈中所说的话。

"我虽然从没有想过要把'帕德里克与安琪系列'完结掉，但有考虑过让他们俩休息一下了。等我写完《神秘河》（Mystic River）以及另外一部作品后，我会再把帕德里克与安琪的故事给继续下去。"

这番话让我等狂热粉丝热泪盈眶。所以，我们决定相信他，一边读着他的其他作品，一边等待着与"帕德里克与安琪系列"再度重逢的那一天。

这之后过了十年。这期间《神秘河》与《禁闭岛》（Shutter Island）改编的电影在全球大获成功。勒翰在写完历史小说《命运之日》（The Given Day）与一部短篇集后，于去年发表了系列第六部作品《月光旅程》（Moonlight Mile）。但是，这部作品让粉丝们的期待落了空。这部不是复活作，而是完结篇。

The Gifted Gene and My Lovable Memes

我看完最后一页，向帕德里克与安琪还有布巴他们表达深深的谢意后，合上了书。但是这并没有完，我把迄今为止出版的该系列其他五部全找了出来，按顺序开始重读，妄图将时光倒流，拒绝与他们告别。

"但我从不认为主人公们在最后一部里必须要死，他们只是离开了。"

确实就像他说的一样，他们最后没有死。但是，他们也没有离开，至今还活在我的心里。

去年我还和一些深爱着的系列告别了。但是，无论是格雷格·卢卡（Greg Rucka）的"阿迪加斯系列"（Atticus Kodiak）完结的时候，还是经久不衰的"斯宾塞系列"（Spenser）的作者罗伯特·B.派克（Robert B. Parker）去世的时候，都没有发出如此感概。只要作者和角色还活着，就总想着再见一面。尽可能地希望他们的故事能够继续，这就是粉丝们的心理。

总之，我想继续看到这个系列作品。这是发生在波士顿多切斯特的充满血与暴力的故事，在绝望与痛苦中交织的无法斩断的宿命、毒品、强盗、杀人、家庭暴力在贫民窟蔓延，富人们的赌场和道德败坏的警察随处可见。在看不到未来的黑暗世界里，人们艰苦地活着。只要读了勒翰的"文学"，就会明白这个系列不仅仅是单纯的侦探小说，而是在描绘"故事"这个东西的核心本质。

整个系列一共六部（角川文库版），《战前酒》（A Drink Before the War）《黑暗，带我走》（Darkness, Take My Hand）《圣洁之罪》（Sacred）《再见，宝贝再见》（Gone, Baby, Gone）《雨的祈祷》（Prayers for Rain）《月光旅程》（Moonlight Mile）。没必要全部读上一遍，如果要选一部，我会推荐《黑暗，带我走》。这本书在硬派（Hardboiled）风格的作品中无出其右。我第一次读的时候，甚至都产生了想要自掏腰包买下电影改编权的想法。至今没有能超越这部的续作出现。角色、主旨、暗线、敌人,把这个系列一大半的资源都给用掉了,我怀疑这就是此系列六部完结的真正原因。

《潜龙谍影》(Metal Gear)这个长寿系列明年(2012年)也将迎来二十五周年,我每次都对媒体表示:"这将是我创作的最后一部《潜龙谍影》了",这与开头勒翰说的那段话的意思基本相同。故事会完结,作家也会死亡,在自己消失前把作品完结掉,是每个作者的心愿。

那么,为什么同一个系列还要推出续作?这个问题在"帕德里克与安琪系列"中可以找到答案。只要有粉丝们的热烈期望,故事就不会完结。虽然作家单方面结束了故事,但不能背叛粉丝的期待。作者和系列不是永恒的,正因为如此,才会以螺旋状态融合交织在一起。

我又把《黑暗,带我走》看了一遍。在其中发现了勒翰向我们传达的一条信息,这也是我心中想表达的东西。

"什么?竟然想永远活下去吗?"

(2011年9月)

给我的创作活动带来极大影响的任性母猫珍妮

《珍妮》保罗·葛里克/著
Jennie　Paul·Gallico

直到高中为止，我都分不清猫和狗有什么区别，因为我从未养过猫或者狗。不是没有兴趣，只是因为母亲有哮喘病不适合养动物。

然而有一只特别的猫教会了我猫与狗的不同之处。它就是在保罗·葛里克于1950年出版的小说《珍妮》中登场的，有着一双东方气质的眼睛和白色脖子的母猫。那是在我高中一年级的夏天，新潮文库1979年翻译的版本。并不是特别喜欢猫的我，不知为何会选了这本书。也许是《珍妮》这个名字与我当时非常喜欢的电视剧《地上最强美女拜欧妮克·婕米》有些相近的缘故。
The Bionic Woman

主人公皮特是一个住在伦敦，非常喜欢猫的少年，但因为家人讨厌猫，所以他并没有饲养。有一天，皮特遭遇了交通事故，醒来后发现自己变成了一只白猫。突然进入猫的世界，饥寒与绝望交迫的少年得到了一只相貌丑陋的母猫珍妮·鲍德林的帮助。遭人遗弃、瘦得皮包骨头的流浪猫珍妮，教会了原本是人类的少年皮特作为一只流浪猫的全部生存技巧。如何在街上行走、喝牛奶的方式、抓老鼠的方法、怎样取悦人类、潜行的技巧、在空中调整身体姿态、用胡子丈量距离，以及与猫老大战斗的方法等等。皮特（读者）作为猫社会里的新手，为了能百分百地成为一只猫而向母猫虚心求教，而读者则是一页又一页地翻动着书页。

The Gifted Gene and My Lovable Memes

葛里克是一个非常喜欢猫的作家。在不断阅读此书的过程中，读者也渐渐变成猫，开始产生自己能与野猫对话的错觉。到后面，完全变成了猫的读者，不是对人类或者动物，而是对珍妮这个人格开始产生了特别的感情。既不美丽，又不完美，但是有着极强自尊心的珍妮，这样一个自负又温柔的存在，完全夺取了人们的心，我也是其中之一。

如今，大街小巷流行起一阵猫的热潮。在书店里甚至有专门区域摆放和猫有关的书籍。沼田真帆香留的《猫在叫》和海因莱因的《夏之门》好像都是常客。但是，在任何一家书店里都找不到我养在书架上的那只猫。时隔三十三年，我偶然在书架上看到了《珍妮》，重新读完后惊讶地发现，《珍妮》不仅仅对我的女性观，也对我的创作活动带来了影响。

将《潜龙谍影3》中的主人公Snake培养成战士，并不断向其发出"你想像狗一样活着，还是想像猫一样活着？"提问的The Boss，我无意中为这个角色打上了珍妮的烙印。"潜龙谍影系列"一直讲述着组织培养的公犬们（战争之犬）进行着"弑亲"行为的父性故事。为了加入"母性"与"野猫"的视角而创造出的角色，就是The Boss。《潜龙谍影3》是从《珍妮》的MEME中所诞生的。

珍妮既是恋人，也是导师，是对手，又是搭档，亦是共享秘密的知己。所以，这本书不是仅仅讲述苦涩的初恋与失去，而是从母性的角度描写了"如何向下一个世代传递接力棒（MEME）"这个本能主题的"生存者们的故事"。

不管什么样的梦都会有醒来的一刻，不管什么样的故事都会有完结的时候。这部作品里也迎来了与母猫珍妮分别的时刻。读者们对这最后一幕如何解读，对MEME的接受方式也会随之改变。

与我共同经历众多冒险的同伴，那个温柔的珍妮不在了。（略）在她消失后留下的，既不是回忆，也不是梦境，更不是幻想，而是回家这种美妙的、沁入心脾的幸福感。

很久以前，在我的梦中出现了一只猫。梦醒后只是一介高中生的我很快就将其忘记了。但是，长大成人后重读此书，我才发现那个梦里的体验我片刻也未曾忘记。即使是现在，《珍妮》的MEME也存在于我的身体里。所以，开头那句我从未养过猫的说法并不正确。我有一只名叫珍妮的猫。

（2012年12月）

最后一次写信是什么时候来着？

《锦绣^(锦繡)》宫本辉/著

最近，我家附近装了一个邮局的邮筒。看到它伫立在那里，我掏出iPhone，发了条推特^(Twitter)。

"我每天早晚都会从它面前路过，但一次也没看到有人往里面投过信。我也没有用到这个邮筒的机会。即使如此它依旧风雨无阻地张开那张古板的大嘴站在那里，腹中空空如也。那红色的邮筒看起来是那么的耀眼。"

"最后一次写信是什么时候来着？"

发完推特，我翻看起家里的信箱，不禁歪了歪头。电费、煤气费、水费、电话费的账单，信用卡明细单、卖车的广告、报纸，这就是我家信箱里的全部。最近连宣传单都少见了。

"最后一次收到信是什么时候来着？"

然后我就这事也发了条推特。其实这一天，正是《我所爱着的MEME们》第一次在《达·芬奇》杂志上连载的日子。也许我推特的粉丝中也有人发现了，怎么杂志上和推特上写的东西完全一样。将推特的数字化内容和杂志这种传统纸媒结合到一起，算是我的一个恶作剧。

在上世纪末手机得到了普及，进入21世纪后通信手段就全面数字化了。人的声音转变成了文本短信、颜文字和视频。无论是商用、私用还是政府公文，全都可以用手机和电脑邮件解决。人们都热衷在博客上写电子日记，通过mixi、Facebook、my space、Twitter这类社交网站进行相互交流。

即使是在这样的时代，还是有着至今仍熠熠生辉的恋爱小说。那就是宫本辉的早期作品，于1982年推出的《锦绣》。

宫本辉是我非常喜欢的一位作家。那时的我成天被非日常的外国作品所包围，他给了我一个喘息的机会，让我得以面对真实的自己。青春期的时候，我彻底沉浸在了他的作品中。其中我最喜欢的三部，即《春之梦》《散落的蓝色》以及本文介绍的《锦绣》。

《锦绣》是一部书信体小说，由在十个月里互相来往的"十四封信"所构成。

在红叶飘散的藏王[a]天竺牡丹园中，曾经是夫妻的一对男女时隔十年在缆车里偶然相遇。故事就这样开始了。这段象征着"锦绣"的开头场景实在是太美了。接着，天竺牡丹园中的红叶和早已往日不再的男女所乘坐的缆车交织在一起，形成了一幅庄严的风景画。在变换的四季中，正是对代表离别的红叶也钟爱有加的日本人，才会对这幅如画一般的场景更有感触。另外，故事当中也多次用到了《莫扎特降E大调第三十九号交响曲》。虽然是书信体小说，画面和音乐却跃然纸上。

以这次再会为契机，二人开始了无言的灵魂交流。随着时间的推移，他们来往的书信中包含着爱意、悔恨、忏悔以及斥责。通

---

a 地名，位于日本宫城县西南部。

过二人之间的差异和共同点，没能走到一起的这对男女的过去和现在，如同锦绣……绸缎和刺绣组成的精美鲜艳的丝织品那样交织在一起，宛如四季一般。最终，二人的未来也变得像秋叶一样，美丽，但又令人感到悲伤。真是一部杰出的成年人的悲恋小说。

信件无法以多个对象为目标，但也不是双向的，总会产生时间差。而且也无法指定收信人在何时、怎样的情况下去读。一旦离手，就不能撤销或修改。要求寄信人与收信人共有同样的时间和状况是不可能的。充满误传和误解的麻烦媒介，这就是信。正因如此，我才想在这个时代重申信件的重要性。因为信件是单向的，所以写信者和收信者才能够达成共识。也就是说，互相写信是对同理心、想象力的一种补充。

《锦绣》这部小说给我的就是这种感觉。

总之，一起来写信吧。给最近都没有打过电话的父母、兄弟，给许久未见的朋友，给只交换过贺年卡的恩师，给平常只通过邮件和社交网络交流的熟人们。

不一定要投寄到邮筒里，贴不贴邮票也无所谓。不一定要给别人看，写一封没有收信人、没有地址的信吧。你在看到那个已经忘记了的他/她的同时，或许也会以一种未曾想过的方式看见自己。

公用电话从街头消失已久，接下来应该就轮到邮筒了。这样下去，那个红色的邮筒就会饿死在大街上吧。因为我一直读着像《锦绣》这样的小说，所以希望那个红色的邮筒能够打起精神来，让街头再度布满鲜红的色彩。

（2010年8月）

随着思考方式和角度的不同，自由的含义也随之变化

《砂之女》安部公房/著

这一年五月，中美洲危地马拉市内的一处十字路口突然出现了一个巨大的坑洞，整个十字路口以及多栋建筑物陷入洞中。专家们认为可能是下水管道破裂导致的地层隆起再加上热带风暴"阿加莎"的影响所致。但在网络上，人们都在风传这是通往地狱的大门打开了。

"洞穴"是通往异世界的大门。面对空洞会产生敬畏与恐惧，以及一种性兴奋的感觉。

对于故事也是一样。"掉入洞中"这个经典主题，从《爱丽丝梦游仙境》开始，便在全世界各种作品中被多次利用。

对我影响最大的作家当属安部公房。他是一位用科幻和寓言的手法，通过比喻描写着现代社会人们心理的优秀作家。其代表作《砂之女》也用到了"落入洞中"这个主题。《砂之女》和《他人的脸》《箱男》是他最优秀的三部作品，也是我最喜欢的小说之一。

有一位去某个沙漠采集昆虫的教师，不慎困在了一个小村子里。他不得已留宿一户人家，在这个他觉得像是蚁狮[a]造出来的房子里，有一位正值壮年的寡妇。他慢慢观察村子里的各种古怪，同时密谋着逃跑。这是一部融合了现实主义和情色主义的寓意深刻的名作。

---

[a] 蚁狮，蚁铃的幼虫，在沙地上制造出漏斗状的陷阱，好让蚂蚁之类的猎物掉落下来并吃掉。

不仅是纯文学,还可以当作恐怖和推理小说推荐。只要读过之后,不管是谁肯定都会落入安部公房那"才能的洞穴"之中。

村上龙对美国的一位编剧说过:"所有的故事都是主人公掉入洞中后,要么'从洞中往上爬',要么'死在洞中'这种创作套路。"确实,我也觉得大部分故事都是在按照这个套路进行。但是奇才安部公房并没有这样做,《砂之女》给出了"在洞中活下去"这第三种选择。

即使如《爱丽丝梦游仙境》,也是一部将洞中学习到的经验带回现实世界的成长小说。但是《砂之女》不同。掉入洞中后,从最初的奋力想要逃出去,到最后自愿选择了留下。当最终找到了梦寐以求的逃脱方法时,男人领悟到了选择"留在洞中"亦是一种自由,于是放弃了另一种自由。

人生也是如此。这第三种选择正是在社会、职场、家庭、恋爱等等日常里支配我们的规范。大家都曾在不知不觉中被吸入洞穴,都挣扎着想要摆脱困境。但是,即使从洞中逃出来了,也什么都不会改变。外面的世界有着新的洞穴在等着,人们只是会再次掉入别的洞穴之中。

人生中有着很多"洞穴"。既有别人挖好的"洞穴",也有自己造成的"洞穴"。"掉入洞中"也就是得到了一个避难所。活着本身就是掉入"洞"中。人只要前进,就会掉入"洞"中。

那么,就在现有的"洞"中好好过日子不就行了吗?既不是接受,也不是逃避,更不是反抗,只是在这个"洞"中寻找新的生存意义。从"洞"中出来是自由,不从"洞"里出来也是自由,我们通过留在"洞"里发现了这些自由。随着思考方式和角度的不同,自由的含义也随之发生变化。《砂之女》是一部教会了我"自由不是像沙子那样流动，流动本身就是自由"的小说^{MEME}。

（2010年9月）

少年的成长
就交给即将到来的严苛季节吧

Early Autumn　　Robert・B・Parker
《 初 秋 》罗伯特·B.帕克/著

　　炎热八月的一天，我和身高已经跟我差不多的儿子去观看阪神队与巨人队的棒球比赛。我喝着啤酒，儿子捧着橙汁，享受着许久未曾体验过的观赛乐趣。身为阪神队粉丝的儿子兴奋异常，对棒球没有什么兴趣的我则在比赛的间歇向儿子问起了他的近况。这就是我们父子之间的"接球游戏[a]"。

　　在儿子小的时候我们俩经常一起出去玩。看棒球比赛，看电影，听音乐会，逛美术馆及以参加各种活动。从游泳、滑冰到慢跑、自行车还有潜水，各种体育运动都尝试过。无论是一日游还是出远门，不管是国内还是海外，我们经常会来一场男人间的旅行。

　　但当儿子上中学后，这种亲子间的活动就突然断绝了。

　　他长大了，开始了不是与父亲，而是和学校的朋友们或在自己的世界观里生活。等我发现的时候，父子间的"接球游戏"已经变得越来越少。

　　我的父亲在我十三岁的时候就去世了。所以我的青春期里没有和父亲共同生活的记忆。和"迎来春天的儿子"要怎么相处？与他应该保持怎样的距离才算合适？这些我都不知道。无可奈何之下我只好去书架里拿出了断断续续在重读的"私家侦探斯宾塞系列里"

---

[a] 两个人互相传接棒球。在日本有父子间进行亲情交流的刻板印象。

的《初秋》。斯宾塞系列是由"硬汉派[a]"小说家罗伯特·帕克(2010年1月去世,享年七十七岁)所著的长寿小说,主人公斯宾塞受到全球读者们的广泛喜爱。

同时也是雷蒙·钱德勒[b]研究者的帕克,他所著的斯宾塞系列很好地继承了钱德勒以及罗斯·麦克唐纳德的衣钵,但又不是单纯的陶醉在海明威式大男子主义中的那种纯爷们儿小说。

本作的行文风格简单质朴,在时尚、美食、体育方面有着极其专业的理解,台词时髦又兼具幽默。并且还有许多诸如恋人苏珊、搭档浩克等围绕在主角斯宾塞身边的充满魅力的角色。除了"硬汉派"风格以外,还能看到只有帕克才拥有的那种文学上的"匠心"。

《初秋》是帕克的第七部作品,即使不是"硬汉派"小说的粉丝,对普通读者来说这也是一部感人至深的"父性故事"。

保罗是一个被父母实施放任式教育长大的十五岁少年。有一天保罗被绑架了,他的母亲向斯宾塞发来委托、希望找到被绑架的儿子。谁知道绑架犯竟然就是已经和母亲离婚的保罗的亲生父亲!随着事件真相的迫近,斯宾塞首先考虑的不是法律的制裁,而是对少年的救赎。为了能让从来没有感受过父母亲情的自闭少年能够自立,斯宾塞将作为一个人的生存处事方法,毫无保留地全部教给了保罗。与斯宾塞共同生活的这段时间,保罗渐渐敞开了心扉,终于找到了自己想做的事。

两个男人间最后的一段对话实在是美得令人炫目。

---

a 硬汉派,Hardboiled 是侦探小说的流派之一,主要以描写艰苦的环境和打斗场面来赢得读者的喜爱。
b Raymond · Chandler 美国作家,"硬汉派"小说的代表性人物。

"在这个夏天里，好好考虑一下自己想做的事吧。"
"但是我自己什么事情都做不好啊。"
"你可以做到的。"
"比如什么？"
"人生。"

在这个夏天里茁壮成长的保罗，拥有了一张闪耀着琥珀色光芒的男人的脸庞。

"进来吧，吃饭了。"
"OK。"
"就快到冬天了。"

他的成长就交给即将到来的严苛季节吧。

我不是斯宾塞，不能教孩子们做木工活、打拳击或者做饭，也无法让他们见识犯罪现场。就像斯宾塞说的那样，人只能将自己能做到的事、自己所认识的世界，以自己的方式传递下去。因此，"接球游戏"能让未来有更多的选择。不管是什么样的"接球游戏"，只要用心投入所获得的自信，终将成为孩子们实现目标的助力。所谓自立，就是确立一个目标然后用自己的双脚走下去。

久违的棒球赛以阪神一比九惨败给巨人结束了。从东京巨蛋体育场回家的路上，面对因为输了比赛而沉默不语的十六岁长子，这次换我开始单方面地讲述着我的近况。到家之前我把积蓄已久的话全部倾泻而出。这就是我们之间重要的"接球游戏"。

在暑气仍重的一个九月傍晚，我第一次与刚满四岁的二儿子到

公园玩球。这里也有着另一个季节。我在这漫长的夏天里,见证了"两个季节"的开始。

(2010年11月)

于是讨厌书的小岛不在了

And Then There Were None　　Agatha·Christie
《 无 人 生 还 》阿加莎·克里斯蒂/著

Q：您是从小就喜欢看书的吗？
A：不，我小时候不爱看书。

十个小兵人，外出去吃饭，一个被呛死，还剩九个人。

Q：您什么时候开始喜欢看书的？
A：小学五年级的时候，这之前不仅很少看书，还是个挑食的孩子。

九个小兵人，熬夜熬得深，一个睡过头，还剩八个人。

Q：您一定经常看到有趣的书吧？
A：那时候看的尽是推理小说，常常看到深夜。

八个小兵人，动身去德文[a]，一个要留下，还剩七个人。

Q：推理小说？看的是国内作家的作品吗？
A：不，看的都是英国女作家阿加莎·克里斯蒂的作品。

---

a 即德文郡，位于英国英格兰西南部。

七个小兵人，用刀砍木棍，一个砍自己，还剩六个人。

Q:您的读书口味我了解了，最早的启蒙作是哪部?
A:激起我对推理小说好奇心的，是《东方快车谋杀案》。

六个小兵人，无聊玩蜂箱，一个被蛰死，还剩五个人。

Q:为什么是这本?
A:因为当时正好有改编电影上映。一开始兴趣不是很大，随着阅读的深入，就被深深震撼到了。

五个小兵人，喜欢学法律，一个当法官，还剩四个人。

Q:然后就喜欢上了推理小说?
A:到中学毕业为止吧，只要是市面上能读到的基本读过一遍。

四个小兵人，出海去逗熊，一个葬鱼腹，还剩三个人。

Q:您读过这么多的书，为什么唯独这么沉迷于阿加莎·克里斯蒂的作品呢?
A:这个……我也不记得了。

三个小兵人，去进动物园，一个遭熊袭，还剩两个人。

Q：2011年好像是阿加莎·克里斯蒂诞辰一百二十周年。

A：我去书店的时候刚好看到有相关展台，再次被阿加莎·克里斯蒂给戳中了，于是又开始重读她的作品。

两个小兵人，坐着晒太阳，一个被晒焦，还剩一个人。

Q：所以，谜团解开了吗？您为什么会如此热衷于她的小说？

A：嗯，再读她的代表作，依然激动不已。

这个小兵人，孤单又影只，投缳上了吊，一个也没剩。

Q：对于没接触过的人，您推荐阿加莎·克里斯蒂的哪部作品？

A：我想想，《罗杰·艾克罗伊德谋杀案》那令人吃惊到窒息的结局虽然也很不错……

Q：非要选一本呢？

A：好吧，只能选一本的话，那就是《无人生还》。

话说回来，如果密室里的人全都死了，案件应该无法成立才对吧。但作者给出的解答具有开创性，让人不禁发出"原来如此，竟然还有这招！"的感叹，时至今日仍是给人带来极大震撼的一种误导技巧。

总的来说，阿加莎·克里斯蒂的作品读起来很轻松。这不是所谓的容易"读进去"，而是和猜谜、游戏一样的那种清淡、漫不经心的感觉。内容的长度和信息量也适中，出场人物虽然比较多，但是关系简单很容易适应。最重要的一点是，虽然发生了杀人案件，但是气氛并不阴暗沉重。当然，杀人动机肯定是有的，但并不会使人产生怨恨或者憎恶。既和现代推理不同，也不是"社会派推理"那种风格。而是重视解谜和圈套手法的"智慧的游戏"。这就和动作游戏或者解谜游戏一样，各有各的读法，全凭读者自己的能力。在了解各种各样作家的习惯后，就能够猜出接下来的剧情，甚至自己能写出续作。话虽如此，但只要稍有不慎还是会惨败在阿加莎·克里斯蒂手下。于是乎，在与她比拼着智慧的同时，波洛[a]拥有了无与伦比的灰色脑细胞，而我则成了一个书痴。

Q:很有意思呢。那么到底是谁杀了这十个人呢？
A:不，被杀的有十一个人。
Q:啊？不是只有十个人被邀请吗？
A:不，被邀请的总共有十一个。
Q:这就奇怪了，不是只有十具尸体吗？
A:"无人生还"之后，实际上还有一个人被杀了。
Q:谁？
A:读者自己。
Q:什么？！
A:最后被阿加莎·克里斯蒂女爵所"杀"的，就是我自己。
Q:哈哈！"于是讨厌书的小岛不在了"？

（2011年2月）

---

a 阿加莎·克里斯蒂笔下的侦探。

李徵所吐露出的他那懦弱的
自尊心和傲慢的羞耻心，
就和过去的我一样

《山月记》中岛敦/著

我成为了老虎。

曾经有一部知名动画《虎面人》，里面的主题曲唱到："老虎！老虎！你变成了老虎！"。虽说也是老虎，但我和动画里的英雄不一样。

我所成为的，是在《山月记》中登场的食人之虎。

沾湿我皮毛的，不仅仅是夜露而已。

如此绝妙的委婉表达让我大为震撼，几乎是将迄今为止的人生都予以否定的那种程度。这段文字出自中岛敦所著的《山月记》，如今这篇文章也收录在日本全国高中的教材中。

那时我完全沉溺于外国科幻以及推理作品中，是个不谙世事的高中生。在现代语文课上接触到了这段话后，整个人都呆住了。

怎么会有这么美的文字！我不是出于嫉妒，而是纯粹被语言的美感所震慑了。之后，无论是在教室还是在家里，我一有机会就会诵读这篇短篇，把全文都背了下来。

长年以来我都对"除我以外应该没有人能把《山月记》从头到尾背下来"这事抱有自负，后来竟然发现撰写了《山月记》续篇《虎与月》的人气作家柳广司在学生时代似乎也能做到全文背诵。我记得在某个访谈里柳老师说过这件事。

《山月记》是一篇改编自中国唐代李景亮所作《人虎传》的变身奇谭。

如果朗读这篇小说，会感觉到发音和韵律别具一格。汉字原本是象形文字，据说人脑在理解汉字的时候，是负责图形的右脑在进行处理。所以在读《山月记》的时候，人脑的活动和在看日本特有的漫画和剧画[a]时是一样的。也就是说，这部作品虽然形式是文字，但可以充分平衡左右脑的功能，如同把画面和音乐结合到一起一样。从汉文中进行变换，与日文的调和，以及中岛敦拔群的改编能力，都使得《山月记》成为了无比优美的一篇文章。我学着翻译家的样子在文字之间写了好多标注，对于想成为小说家的少年的我来说，《山月记》给了我上了重要的一课。

有一件事成了我开始认真写小说的契机。初中时的老师在黑板上写下一段有名的汉文，并出了一道题。

"把这段汉文转写成现代日语，补充上细节写成一篇小说。"

我把寥寥数行的汉文进行了深入的分析、消化、补充和扩大解释，写了大概十张稿纸。我的这篇短文罕见地被老师相中，在全班面前给予了高度评价。在这之前，我写东西纯粹只是像电影情节梗概那样把故事记录下来，但之后我开始正儿八经地当作小说来写了。现在回想起来，那次的课题正是在对中岛敦的《山月记》的创作手法进行模仿。

实际上在后来，我与《山月记》仍旧有着很深的缘分。

---

a 上世纪 50 — 70 年代间在日本流行的一种黑白写实漫画。

在遇到《山月记》后，我开始持续写着小说。也不师从于某人，只是一边嘲笑饱受学习压力的同学、享受优越感带来的愉悦，一边创作着深藏在内心、从未发表过的小说。

我深怕自己本非美玉，故而不敢加以刻苦琢磨，却又半信自己是块美玉，故又不肯庸庸碌碌，与瓦砾为伍。于是我渐渐地脱离凡尘，疏远世人，结果便是一任愤懑与羞恨日益助长内心那懦弱的自尊心。

一开始我也以向文学奖投稿、让自己的作品能够被世人所知为目标。但上了高中以后，即使写了新作也不想去投稿了。究其原因，就和《山月记》里变成老虎的李徵所吐露出的"懦弱的自尊心"和"傲慢的羞耻心"一样。

如今想来，我自己仅有的那么一点才华也都付之东流了。我常卖弄什么"无所作为，则人生太长；欲有所为，则人生太短"的格言，其实我哪有什么远大的志向，无非是害怕暴露自己才华不足之卑劣的恐惧和不肯刻苦用功的无耻之怠惰而已。才华远逊于我，却凭磨砺精进而卓然成家的诗人，不知凡几。

不知从何时开始，我也变成了老虎。"游戏制作人"就是这只老虎的样子。

我并不想借此以诗人自居，也不论诗之巧拙，只是想让这我为之执着终生，乃至丧尽家产、心智迷狂的成果流传后世，哪怕仅仅一部分也好，否则，我是死不瞑目的。

　　然而,虽然都是化身为虎,但在结尾,我与李徵的咆哮是截然不同的。我在化身为虎的瞬间,就完全抛弃了羞耻心与自尊心。

　　化身为虎之后,我找到了与固执己见不同的表达方法。所以即便身为老虎,我也有着继续向下一代咆哮的觉悟。那便是与小说大不相同的、名为游戏的全新MEME。

(2011年4月)

对我来说,阪急电车就是
连接故乡与回忆的时间机器

《阪急电车^{阪急電車}》有川浩/著

阪急电车作为关西圈里的大型私营铁路,有着胭脂色的车身和复古的内饰,不仅在铁道爱好者之间有着极高的人气,还收获了年轻女性们"好可爱"的评价。在许多女性游客眼中,阪急电车还有种令人惊讶的"时髦感"。

对我来说"电车的印象是什么?",答案就是"胭脂色的电车",也就是在关西的山间奔驰着的胭脂色经典列车"阪急电车"。我出生在小田急沿线的世田谷区祖师谷,到三岁为止都在JR东海道线沿线的辻堂度过。但因为懂事前就搬去了关西,所以对从小田急到东京的电车几乎没有留下什么印象。

因为父亲工作的关系,离开东京的我搬到了阪急京都线沿线的茨木市。茨木虽然有JR(当时还是国有铁道),但因为我家在阪急茨木市车站的附近,到京都、大阪或者千里的话都一定是选择阪急电车。所以至今我印象中京都线沿线的风景,还是我少年时代看到的位于山崎的三得利工厂、淡路的混凝土厂之类的。

到了小学五年级的时候,我家又搬到了兵库县的川西住宅街。这时候我出行不再是京都线,而是乘坐经过川西能势口车站的阪急宝塚线。不仅是去宝塚,神户(三宫)、大阪(梅田)、京都(河源町或岚山)，或是箕面(箕面线)、伊丹(伊丹线)都会乘坐宝塚线前往。

后来，步入社会的我又租住在神户的冈本。最近的车站是阪急神户线的冈本站。虽然也有JR的摄津本山站，但被阪急线养大的我，还是会习惯性乘坐阪急神户线上下班。

可以说，我这半辈子都是在阪急电车的陪伴下度过的。补习班、上学、出游、约会、看电影、购物、旅行、新年参拜、坐飞机(宝塚线茭池站)、回老家，坐的都是阪急电车。所以在我看来，胭脂色不仅是电车车身的颜色，同时也是青春的颜色。

有川浩女士所著的《阪急电车》就是一部以阪急电车为背景的短篇小说集。我一看到封面和书名就决定买下来了。刚开始我是抱着怀旧的心情翻动书页，越看到后面越被"阪急电车"的母性气息以及淡淡的乡愁所吸引，以特快列车般的速度读完了此书。

真是一部不可思议的小说。这是一部以阪急今津线为舞台的群像剧，这条路线在关西地区也算是跨度很广了。而且避开了上下班高峰期这个时间点，将一些日常片段接续在了一起。与一般以杀人事件、恐怖袭击、灾害等为主题的列车小说截然不同。

在电车上登场的人物都是各个年龄层的女性。被未婚夫背叛的OL[a]、处于热恋中喜欢读书的女性、与儿子儿媳关系微妙的老太太、遭受恋人家暴的女大学生、不知与周围人如何交往的中年妇女。

故事的每个章节以各个车站区分，以登场女性们的第一人称口吻讲述，并在别的车站与他人的故事相交错。这些偶然乘上"阪急电车"的女性们，在下车后各自的人生也都发生了变化，调整人生重点，再度出发开始新的生活。角色们各自的故事就像一节节列车

---

a 办公室女职员，OL 是英文"Office Lady"的缩写。

那样连接到一起,在今津线的每个车站间往返。之后,原以为零散的小情节最终汇聚成一个大的治愈故事,圆满落幕。给极易陷入"快速生活"陷阱中的人们敲响了警钟。《阪急电车》不愧是一部献给现代女性"慢行人生"的赞歌。

像我这样对阪急电车有着深深眷恋的人自然不说,那些完全不了解阪急电车的人,在读过本书后也必定会不自觉地想去坐上一回。那些厌倦了每日都要乘坐拥挤电车上班上学的人,以及平常根本不坐电车的人,肯定也会被"阪急电车"所吸引,想要不经意地去搭上那趟列车,去往那早已被遗忘的乡下小镇,感受人与人之间的温情和平淡无奇的人生微妙。

二月份的时候,我因为出差的关系去了离老家不远的墓地给父亲扫墓,时隔一年再次坐上了阪急电车。车内没有一个我认识的人,车窗外流淌的风景和以前相比也大为不同。车辆经过改良,变得高级了许多。即使如此我还是感慨万千,在车里就像是在摇篮里一样感到舒适、安心。对我来说"阪急电车"不仅仅是一种通行手段,也是连接故乡与回忆的时间机器。

《阪急电车》这本小说,让我明白电车不仅是一种连接起各个地区的交通工具,也是将不同世代连接到一起的MEME。

(2011年5月)

所有日本人都应该谨记的地方

《八音盒(オルゴォル)》朱川凑人/著

2011年3月11日14时46分。三陆冲海域约24千米深处发生了有史以来第四强烈的9.0级大地震。伴随着前所未有的海啸，14000人失去了生命，13804人下落不明，16万人流离失所（截止于2011年4月20日上午10时）。

在这巨大的灾害面前，我们该如何应对？

该如何去抚慰那些失去未来的人们的灵魂？

该如何把我们这些侥幸生还的人连接到一起？

在这茫然若失的时候，我读到了朱川凑人的小说《八音盒》。

朱川凑人老师是我非常喜欢的一位作家。他最擅长的作品风格乃是以昭和30—40年代[a]的小镇为舞台的怀旧恐怖类。作为在同样环境下成长起来（1963年出生，在大阪长大），对我这样的关西人来说，简直感动得泪流满面。

其实当初像短篇集《花花饭》里的《托卡比之夜》《一遍老爷》里的《一遍老爷》、《挽歌》里的《书签之恋》这些朱川老师的代表作我都想介绍给大家的。但"3·11"发生了。

震灾后，从书架上掉下的书散落一地，从中我偶然拾得一本，就是《八音盒》。

这本《八音盒》跟《花花饭》这种朱川以往那些追忆昭和时代的作品有着很大的不同。

---

a 昭和30年代（1955—1964年）昭和40年代（1965—1974年）

The Gifted Gene and My Lovable Memes

"人这个字，是由一根长棍和一根短棍相互交抵组成的，短棒看上去就像是在拼命支撑着长棒一样。但即使是它在支撑着长棒，二者也绝不是平等的，强者任意使唤着弱者，弱者一生受尽辛劳。就像瞳女士常说的'胜者组'和'败者组'那样——我就是'败者组'的孩子。"

这是故事开头主人公隼人的独白。隼人是一个小学四年级学生，和他那吝啬到连伙食费都不给的瞳小姐（母亲）共同居住在极其老旧的公房中。他的父亲由于被公司内部告发而失业，也因此和瞳女士离了婚。母亲当着隼人的面大骂他父亲是"败者组"。隼人的班级里也蔓延着阴郁的霸凌气氛，他自己也正是霸凌的受害者。这里没有支撑着战后日本高速发展的那种昭和时代[a]的美德和乡愁。而是描绘了被繁荣景象麻痹了的平成年代[b]日本的残酷现实。

"其实我有一样东西想交给在鹿儿岛的朋友。"

有一天，住在附近的富田爷爷将一个"世界上只有那一个人能听到的"发不出声音的八音盒托付给了隼人。但是隼人把2万日元交通费用来买了掌上游戏机。不久之后，老人被发现孤独一人死在家中。被罪恶感折磨的隼人利用春假的时间，为了完成与老人的约定而踏上了旅途。

隼人在旅途中，从大人那里听来了这样一席话。

---

a 昭和年代（1926—1989年）
b 平成年代（1989—2019年）

"不管怎样惨烈的事故,都要让更多的人亲眼去见证、去记住,不然就太对不起死去的人们了。"

"那场事故,不能简单地作为往昔旧事对待。一定要让全日本的人们去现场亲眼见证并铭刻在心中。"

"我的老爹对我和弟弟这样说过……带你们去亲历广岛和长崎,是我做父亲的责任。"

阪神淡路大地震、福知山线脱轨事故现场、广岛和平纪念资料馆……隼人通过与各种各样心中怀有创伤的大人们相遇,从按约送达八音盒之旅,渐渐转变成对灾害、事故、战争而死的生命的巡礼。终于他不再执拗于是"败者组"还是"胜者组",而是领悟到生与死、人与时间之间的联系才是真正重要的东西。

《八音盒》是一部通过表现少年隼人倾听大人的世界,感受大人对逝者的悼念(音色)的成长小说。在当今的平成年代还尝试着去连接未来,也是我读过的第一部朱川作品。

我们现在仍然在尝试着,并且注视着日本能否在全世界再度创造奇迹。

在大地震这场试炼中,我们能做些什么?与未来如何联系起来?我在寻找着这些问题的答案。就算是只能被一个人倾听到的"MEME",一个一个接力下去的话,终将能传达给全世界。就像富田爷爷托付给隼人那样。

这份联系正是托付给我们的另一个八音盒。

(2011年5月)

超越国境和文化的框架，
创造自己的世界就好

SATORI　Don · Winslow
《悟》唐·温斯洛/著

诸位男同胞小时候一定都想成为"冷峻沧桑型"的男人吧。但是我的目标不是成为一般的"冷峻沧桑"，我所憧憬的是懂得何为"冷峻沧桑"的男人。《渋》[a]讲述了一名叫尼科莱·赫尔(Nicholai · Hel)的杀手，他从小被一位日本将军养大，具有东洋气质，以"气"为武器与CIA斗智斗勇，是一部爽文小说。作者是从未露出过真容的崔凡尼安(Trevanian)(2005年去世)。那种即使是土生土长的日本人也难以理解的"侘、寂、渋"的独特精神世界，却由一位美国作家缜密地描绘了出来，在全世界范围内都广受赞誉，是一部处于间谍小说金字塔顶端的作品。学生时代的我大量关注着欧美文化，《渋》是一部向我介绍了日本古有的"冷峻沧桑"文化的"MEME"之书。

不知道是否偶然，《渋》的世界观与《潜龙谍影》系列有很多相似之处。《潜龙谍影3》里出现的最尖端近战格斗术"CQC"与《渋》中所谓的"裸、杀"有着异曲同工之妙。还有《潜龙谍影4》侦查训练时提到的"意识"或"底线"（游戏中感知能力用环状的压力指示来表示）这类忍者般的超感觉概念，让人联想到《渋》里运用"气"所实现的"近接感觉"。2006年，我作为参考又读了一遍再版的该书时才对这些巧合大吃一惊。记得那时候还向同事们推荐了这本书。再者，主人公出于爱而进行的弑亲，是一种西洋人很

---

a 古同"涩"，读音为 sè。

难理解的带有慈悲心的杀人行为。在贯穿《潜龙谍影》系列里的父亲(Big Boss)和母亲(The Boss)的故事中也有一种骄傲和同情的精神。

今年4月，作为《涩》前传的《悟》发售了，作者是人气作家唐·温斯洛。他能否像崔凡尼安那样写出独具魅力的文字？我与全世界的《涩》粉丝一样，抱着一丝不安的心情买下了此书。

尼科莱·赫尔，宛如飘落枝头的枫叶一般，随风起舞，缓缓落在地上。

真美。

这是故事中开头的两行。写得多么有情感、风情啊，再看接下来两行。

入秋之后枫叶飘落枝头是枫叶的本性。杀死有如自己父亲一般的岸川将军，则是我作为儿子的本性与义务。

真令我震惊，从开头温斯洛对枫叶的这番描述，我就可以断言此书确实继承了《涩》的精髓。我那陈腐的不安感被这两行描写一扫而空。总之就是速度感超棒！犹如电影一般的画面感超强！读着歌剧院暗杀的那段场景，脑海中自然浮现出了配有音乐的画面，仿佛就是专门为了电影化而准备的一样。情节十分简单，就是冷战时代间谍小说所常用的"简报、潜入、拷问、逃脱、背叛、真相大白、反击"的传统套路，但用更华丽的方式展现了出来。虽然这种类型的作品已经看过很多，但我还是一口气读完了。

《涩》最重要的元素就是那些对于日本人"神韵"的描写，这一点上温斯洛丝毫不输给崔凡尼安。例如，为了迷惑迎面走来的对手，日本人会把双手背到后面走路。还有很多我们平常都意识不到的部分都有细致的描写。

下围棋的是哲学家和战士，下国际象棋的是会计和商人。

这是《渋》里尼科莱的台词，《悟》里面也出现过好几次把围棋思维应用到谍报战上的例子。

如果你用国际象棋的话，我就用围棋来应战。

这是《悟》里尼科莱的台词。面对身为国际象棋高手的暗杀对象，沃洛舍宁和尼科莱分别用国际象棋的思维和围棋的思维进行激烈交锋，真是崭新又有趣。

每次遇到像尼科莱·赫尔这样比日本人还要日本的金发碧眼的人物时，总是会不禁想到自己有多少"像是日本人"之处。

东日本大地震以后，我收到了全世界的亲朋同事和粉丝们的劝告。"为了全世界请立马离开日本再创作新的作品，这是你必须选择的未来。为了复兴过去而浪费自己的人生是错误的"。但是我没有离开日本。因为那时候我注意到，日本的复兴与我自己的使命是不能分开来考虑的。我原以为我是一个很全球化的人，但其实我骨子里又是个土生土长的日本人。在这之后我一直不停问自己"我到底是谁？""我到底是为了谁在创作？"我被这些自问弄得哑口无言。《悟》里面有一段既不是西洋也不是东洋两个异端者（东洋出生长大的尼科莱和西洋出生长大的德·兰德）对各自的未来交换意见的情节。

"我们两个永远地徘徊在其他人的圈子之外。话虽如此,我们的态度有两个,是就在外面一直窥伺着他们的世界,还是创造出属于自己的世界?"

就是如此。不是西洋,不是东洋,也不是日本。我就是小岛秀夫。我创作的游戏超越国境和文化的框架,被称为"世界的KOJIMA"。但是,没必要被这种浮夸的称呼所迷惑,只要创造自己的世界,创造"小岛秀夫的世界"就可以了。向全世界表达这个观点,这就是我自己的"业=Karma[a]"。

所以我不需要"悟"。我已决心背负着这份"业"活下去。

(2011年7月)

---

[a] 佛教用语,行动、命运。一个人生命中的自然与必然事件,由前世的作为所决定。含有善恶、苦乐果报之意味,亦即与因果关系相结合的一种持续作用力。

不知何时自己创造出了曼陀罗

《寄物柜里的婴孩》村上龙/著
Coinlocker · Babys

　　小的时候，柠檬是唯一可以入手的炸弹。如同梶井基次郎的小说《柠檬》中描写的把"闪耀着金色光辉的恐怖炸弹"放置在京都丸善一样，我每次去讨厌的地方的时候，总会偷偷带着加利福尼亚产的柠檬。柠檬就是随时可以把世界撕成碎片、可以自由运输并单独获取的毁灭世界的最终武器。

　　上了高中以后，我渐渐地认识到柠檬炸弹并没有毁灭世界的破坏力。后来听人说好像有一部和《柠檬》一样的炸弹小说存在。情报源是和我一起长大的辰雄（小说里也有个叫辰雄·德·拉库尔斯的菲律宾人），他拿来的新式武器并不是果实而是牵牛花的花瓣。那是"我"与"曼陀罗"的初次相遇。

　　曼陀罗（Datura）
　　"朝鲜牵牛花的总称，别名疯狂茄子，整体含有生物碱，会使人产生幻听、幻觉、妄想、意识丧失等症状的剧毒植物。特别是被称为波拉切洛的品种在中南美多有种植，含有莨菪烷生物碱，是阿托品、东莨菪碱等药物的重要原料。"

　　友人翻开夹着书签的那一页，给我看"如果想要破坏，就念诵咒语，曼陀罗，如果想要杀人，就用曼陀罗。"这句是书中人物格泽尔的台词。随后友人丢下一句"可带劲儿了"，把书塞到"我"

怀里就走了。

友人借给我的，是刚刚发售的村上龙第一部第三人称长篇小说《寄物柜里的婴孩》。

我废寝忘食地读着。内容很是成人向，虽然没有声音也没有画面，但能感受到有种前所未见的猛烈能量从书中喷薄而出。胃里翻江倒海，耳朵轰轰作响，胸口阵阵发紧，脑袋天旋地转，大腿也变得灸热起来，好几次喉咙里都涌起想吐的感觉。这本书侵犯着"我"，伤害着"我"，随后紧紧抱住了"我"。被凶暴的爱抚所凌辱的"我"，头一次接触到能破坏世界的炸弹的必要性。

本书把"曼陀罗"描写为"大规模破坏武器"的象征。主人公之一的阿桥在一个乐队担任主唱，乐队里的某个成员这么说道。

"你作为歌手是超一流的，悄悄潜入听众之中轻抚着他们的神经，就好像毒品一样，但控制住人们并把他们推向新的高点，光靠毒品是不够的，你需要的是炸弹，将听众们用毒品构筑起来的白日梦一瞬间摧毁掉的炸弹。"

是的，一瞬间将所有的一切全都摧毁掉的炸弹！这就是"曼陀罗"，这种破坏冲动就是书中流淌出的摇滚精神。"我"既不是无政府主义者也不是自由主义者，"我"只是一个摇滚信徒而已。

所谓摇滚，是一种拒绝既有规则的生活方式，是为了摆脱过去的一种抵抗，是为了毁灭前人所创造系统的恐怖主义，是几代人为了甄别未来而常伴于身的MEME控制装置。

用电影来说的话，就是石井聪互的《爆裂都市 BURST CITY》、塚本晋也的《铁男》、大友克洋的《阿基拉》那样的作品。为了创造属于年轻人的新世界,而破坏既有的世界,为此必须终结旧的世代。规范、城市、国家,全都要破坏掉,亲人和先祖以及原住民也都要抹杀。MEME的延续说起来就是有如杀戮一般的世代交替。

曼陀罗是什么?(略)把东京变为一片空白的药,阿菊如此答道。

原来如此,《寄物柜里的婴孩》是一部青春摇滚小说。"我"在不知不觉间,与他们的生存方式同化了。也就相信探寻"曼陀罗"这事就是摇滚。

但是无论怎么寻找都不见"曼陀罗"的踪迹。最终"我"进入了社会,拥有了家庭,剩下的能量都用于工作和养育孩子。放弃了把世界像巴别塔那样毁掉,"我"只得怀着"摇滚的时代已经结束了"的想法活下去。

时隔三十年再读《寄物柜里的婴孩》,过去的"我"所不理解的事,变为第三人称的秀夫终于理解了。秀夫发现,遍寻不着的"曼陀罗"不知何时经由自己的手创造了出来。就像小说的最后"曼陀罗"被撒播向东京一样,秀夫现在正把"我"所创造的"曼陀罗"炸弹,向全世界扩散着!秀夫所广为散播的"曼陀罗",就是在"我"与世界一起终结后,为了使新的"我"诞生的MEME。

将书合上的秀夫,想起了摇滚的时代还未终结的时候。

我们就是《寄物柜里的婴孩》。

来吧,醒来吧。毁掉,杀掉,摧毁一切吧。

(2011年10月)

我们人类犯下的最大过错，就是对大自然不敬

《复活之日》小松左京/著

到底是为什么，并且，到底是什么东西——
到底是怎样凶暴不祥的存在把灾厄降临到这美丽的星球上？

"3·11"大地震发生的时候，我情不自禁地如此喃喃自语。

引起这份灾厄的到底是谁？——是一个人疯狂的行为吗？还是说，是那个时候的人类的机构本身？某个时期某人的过错？——是谁、是什么造成了现在的局面，其实早就知道了。

那之后过了七个月，面对毫无进展的复兴工作，我再次自言自语道。

怎么会这样，到底为什么……

这是日本科幻界的巨匠小松左京在1964年发表的科幻小说《复活之日》的序章。小松左京没能看到日本于震灾后复兴，于同年7月26日与世长辞，享年八十岁。

其实就在昨天，我在书店特别设置的柜台上买了本《日本沉

The Gifted Gene and My Lovable Memes

没》ᵃ。就在地震发生后，小松左京这个天才开始被再度评价。总觉得是某种缘分。

小松左京本人到底会如何看待这场史无前例的大地震呢？我无论如何都想知道这个答案，于是再次买了很多他的作品。《无尽长河的尽头》《复活之日》《谁来继承？》《戈耳狄俄斯之结》《结晶星团》等。

要说到他的最高杰作，毫无疑问是《无尽长河的尽头》这一部吧，但是在重读《复活之日》后，我受到了极大的冲击，和小时候看的感觉完全不一样。主人公吉住在水中面对整个东京的废墟的场景和"3·11"震灾重叠到一起，我忍不住流下泪来。

我最早接触到《复活之日》是在1970年代中期。当时由细菌武器引发的全球性疫病并不罕见，但是一想到这部小说写于1964年，就非常吃惊。比迈克尔·克莱顿（Michael · Crichton）的《天外来菌》（The Andromeda Strain）、田中光二的《大逃亡》、有病毒电影鼻祖之称的罗梅罗的《杀出狂人镇》（The Crazies）和科斯马图斯的《卡桑德拉大桥》（The Cassandra Crossing）还要早。因为诞生时间过早，这部不幸的作品被归入了科幻的那一类中。

总之是部格局很庞大的作品。精细的科学考证、当时的政治背景、通过拼接起来自世界各地的人物，这部小说以一种缜密、奢侈的方式描绘了人类的灭亡。制造疫苗所必要的鸡蛋价格疯长、摇摇晃晃的电车里那些白色防毒面具、掩盖真相的媒体等等，都令我想起距今不远的非典和猪流感的情况，实在是太有真实感了。现在读起来才觉得这本书并不是所谓的"空想科学小说ᵇ"。

虽然是日本的小说，但书中描绘的场景大多数都是国外。当时

---

a 同样为小松左京创作的科幻小说。
b 即科幻小说。

正值冷战时代，国际交往和航空网络都不是很完备，国外显得是那么遥远。但是小松的作品不可思议地有很多全球规模的东西，能明显感觉到他的那份国际化视野。经历二战战败、失去了一直以来信仰的东西，在美军占领下成长起来怀有梦想的青年们，歌颂着反战反核，讲述着全球规模的故事，描绘着超越时空的世界，说不定只有他们才能成为这样的科幻作家。

在痴迷着科幻的时候，我喜欢读"这样的社会，总有一天要将其毁灭掉"这种灭亡和世纪末主题的作品。但是面对现实之后，才觉得错了。科幻不是逃避现实的道具，而是超越国家和时代，为未来敲响警钟而诞生的一种媒体。这把年纪再读《复活之日》，能从中感觉到小松左京强烈的遗志。

"拯救生命只是医学的一个方面，医学也被利用在恐怖的细菌武器研究上。核武器与电子工学也是这样。一些人为了帮助人类而努力，另一些人则为了杀戮人类而努力。"

作品中的细菌武器和地震同美苏之间的核战争一起，造成了世界的二度毁灭。就像"3·11"地震和随之而来的海啸造成的核电厂泄露事故之间的连锁反应。

一般"重大事故"的发生，或是不走运或是偶然，都是因为众多的不可能积累在一起。各种各样的安全装置失效发生连锁反应，一举酿成了重大事故。

是的，"3·11"不是天灾。本作也一样，我们人类犯下的最大

过错,就是对大自然不敬。这样的我们能够迎来复活之日吗?

"不——世界必将复活成和大灾难发生前一样。特别是'嫉妒之神'和'憎恶与复仇之神'定将复活。"

如果我们有这个机会的话,那将是我们决定走一条不同的繁荣之道、拥有与以往不同MEME的新人类作出选择之时。那时候才是真正的"复活之日"吧。

(2011年10月)

拼上性命为了让MEME
流传下去的挑战，这就是"生还"

《漂流》吉村昭/著

就像"Truth is stranger than fiction."（现实远比小说要来的离奇）说的一样，这个世上以现实为蓝本的奇谈故事数不胜数。

这其中我最喜欢"逃出生天"这一类型。《大逃亡》[a]《巴比龙》[b]这两部电影因为在今年重映，所以我再度观赏了一回。还观看了一部不算是"逃出生天"类型的生存类电影《127小时》。这些片子都有一个共通点，那就是以真实事件为蓝本创作的"生还纪实"。

这回给大家介绍的是吉村昭所著的非虚构小说《漂流》。实际上给我介绍这本书的人是另一位作家。可以说是巧合吧，他在我写的电影杂谈《我的身体70%都是电影》里读到了《巴比龙》这一篇后，本人亲自跟我说"如果喜欢生还类的话，一定要读一读吉村昭先生的《破狱》和《漂流》！"。

该书是以发生在江户后期的一起海难为基础写就的。天明年间[c]，乘坐土佐国[d]千石船[e]的长平等四人因为遭遇风暴，船只被毁，漂流到了八丈岛南边的一个叫做鸟岛的地方。这是一座寸草不生、

---

a 1963 年上映的美国电影，讲述二战时一群美国士兵从德国战俘营出逃的故事。
b 1973 年上映的美法合拍片，讲述一名被陷害入狱的扒手和同被关押在监狱中的百万富翁携手越狱的故事。
c 天明，日本年号之一，时间为 1781—1788 年间。
d 即现实中的日本江户幕府的土佐藩。
e 能容纳米粮千石的船只。

没有河流也没有山泉的无人岛。本作细致缜密又发人深省地描绘了人类在这座环境严苛的活火山岛上壮烈求生十二年的故事。

"到了这种境地也是没有办法，大家都尽自己所能，努力在这座岛上活下去吧"。

向着虽然对过去的世界还留有眷恋，但无可奈何只能面对这残酷现实的船员们，长平这样说道。

在这座小岛上根本连船的影子都看不到，完全没有被救援的可能性。长平主张只有适应这个现状，努力地活下去。把唯一能见到的动物信天翁作为食物，并且用它们的蛋壳储存可以饮用的水。在信天翁迁徙无法捕捉到的这段时间，就把它们的肉做成肉干储存起来当作储备粮食。长平用优秀的洞察力和行动力引导着人们。

但是，他们除了吃信天翁的肉，整天就睡在山洞里无所事事，最终除了长平以外，全都生病死去了。

"身体长时间不动，就会变得差起来。人是不可以不运动的。"

收获教训的长平，开始搭配着贝类和鱼类一起食用，太阳好的时候也出去活动活动身体。这不仅是想在无人岛上生存下来的必要条件，对现代的城市人来说也是一样。只是为了维系生存，一直持续着懒惰的生活的话，人是不可能健康地活着的。

《漂流》的有趣之处在于，描写了抛弃过去的世界与人，作为动物活着的前半部，以及计划着怎样才能逃出这座岛屿，作为人活着的后半部两部分构成。

漂流生活过了五年之后的某一天，一艘萨州[a]船上的六名乘客也因为风暴船毁来到了这座岛上。已经成为求生权威的长平同样跟他们宣讲着"生存"的心得。但是他们对长平的生存方式不仅不同意，还开始了叛乱。

"我们船员的年龄都已经超过了四十岁，已经不剩几年好活了。无论如何都要离开这个岛回到故乡去。"

长平从这位老人坚毅的话语中悟出了"活着"的本质。开始从无可奈何只能抱着生存本能的"亡者"故事，向以活着回到故乡为目标的"生者"故事转变。

"我们已经是死过一次的人了。（略）集合亡者们的力量，回到生者的世界不是挺好的吗？"

后半部分，"生存"的基调发生了重大变化。萨州船上的老人们不仅有着造船用的木工工具，作为匠人的手艺也非常精湛。这与凭借着动物一般本能和纯粹的一副好身体活下来的长平有着很大不同。通过制作漆器，从而造出了能够储存雨水的蓄水池，用小豆子酿出了酒，甚至还造出了像模像样的风箱。这正是人类竭尽智慧的生存文化。他们和长平一起，从没有任何材料起步，用流水里的木材造船梁，把旧钉子和船锚融掉制造新钉子，把衣服系在一起做出船帆，总算造出了能容纳数十人的千石船。

这种通过多年不懈努力终于造出船只，用自己的力量生存下去

---

a 即现实中江户幕府的萨摩藩。

的男人们的睿智与执念，任谁都会为之动容。

长平他们在离开鸟岛的时候，为了以后可能会流落到这座岛屿的遇险者留下了生存所必须的道具与知识。这些不仅仅是生存者、还表示曾经有过生还者的证明，正是希望的象征。有两层含义的MEME被留了下来，"生存"与"生还"。

如果"保留种子"是生存本能的话，那么自私的基因的任务早就结束了。但为什么他们拼上性命也要活下去呢？

所谓"生还"（生還），不是作为动物活着，而是作为人留下意志（MEME）。不仅仅是"活着"（生きる），而是"活下去"（生きて），"回到"（還る）人类的世界去。超越本能，拼上性命为了让MEME流传下去的挑战，这就是"生还"。

所谓"生还"，是MEME传达的一个"故事"。正因为如此，相比生还纪实小说我更喜欢求生小说。

（2012年1月）

写在腰封上的文字与创作不同，是另一种传递MEME的手段

《撒冷镇》史蒂芬·金/著
(Salem's Lot　Stephen · King)

曾经有过这么一个时代，只要在腰封处写上"史蒂芬·金赞不绝口！"的字样，新出的外国翻译作品就会十分畅销。

但是，在翻译小说走下坡路的近期，这种场面已经几乎看不到了。即使如此，我只要看到"史蒂芬·金赞不绝口"的腰封，也还是会忍不住买下。

我曾经说过自己不是史蒂芬·金的粉丝。史蒂芬·金作品改编的电影我几乎都看过，但是，原作小说基本上没看过几本，通篇读完的也就《黑暗之半》(The Dark Half)这一部。

说起"现代恐怖小说御三家（史蒂芬·金、史蒂芬·昆兹(Stephen · Coonts)、罗伯特·麦卡蒙(Robert · R · McCammon)），我最喜欢的不是史蒂芬·金，而是罗伯特·麦卡蒙。所以在读到史蒂芬·金的《末日逼近》(The Stand)之前，我被麦卡蒙对此书的致敬作品《绝唱》(Swan Song)深深触动，直接跳过了被称为现代吸血鬼作品之父的《撒冷镇》，去读了麦卡蒙版的吸血鬼故事《他们渴了》(They Thirst)。

所以我迄今为止接触过的史蒂芬·金的文章基本都不是小说，而只是数行的推荐文。我没怎么读过史蒂芬·金的故事，我读的都是史蒂芬·金粉丝写的东西。不可思议的是，我很喜欢乔·希尔(Joe · Hill)的作品，直到2007年的时候，他是史蒂芬·金儿子的身份才正式公开。

上个月，《撒冷镇》时隔数十年终于以修订版的形式复活了。

The Gifted Gene and My Lovable Memes

封面插图由无比喜爱现代恐怖题材的藤田新策绘制。大森望[a]老师在腰封上写下了"史蒂芬·金在现代美国成功复活了一只经典怪物"这样优秀的评语。

史蒂芬·金自己的书不可能有史蒂芬·金自己写的推荐。但即使如此,在我看到腰封上有"史蒂芬·金"的字样后,还是下意识掏出了钱包。

《撒冷镇》被称为是将19世纪之前流传至今的吸血鬼传说在现代复活的先驱性作品。但其中的设定、构想、噱头都是正统的吸血鬼描写。那为什么会被那样评价呢?因为本作和史蒂芬·金其他作品一样,对极具真实感的设定有着近乎偏执的细致描写。

故事的舞台发生在美国缅因州一个人口只有1300人的架空乡村"撒冷镇",围绕着和吸血鬼对峙的主人公们而展开。但说起来,本作的主角更像是小镇本身,生活在小镇上的人们分别构成了各部分。这也是为什么本作被誉为是吸血鬼版的《冷暖人间》(Peyton Place)[b]。小镇的历史、土地、人物、建筑,对这些背景的描写占据了大量的篇幅。即使这些部分大大偏离了故事的主线,减缓了故事的节奏,但它一直在持续积累着,直到读者接触到了超自然的部分。这种对舞台进行的丰富设定,给虚构故事带来了不可动摇的真实感。另一方面,对于吸血鬼为什么会存在于现代则完全没有进行说明。和马特森(Richard·Matheson)在《我是传奇》(I·Am·Legend)中给出的"吸血鬼是由病毒造成的"科学解释是不同的两个方向。

还有一点,就是巧妙的文本拼贴。希望大家可以注意以"小镇醒得很早"为开头的第三章。这一章是小镇本身在叙述。从第一个

---

a 日本著名科幻评论家、科幻翻译家、编辑者,同时也是《三体》系列的日文版翻译作者。
b 1957年上映的美国电影,同名小说改编。

牺牲者出现的清晨4点到深夜11点59分之间，时间被细致地拼贴在一起。不是从主人公的角度出发，而是在小镇各个地方进行穿插，通过俯瞰从小镇醒来到入睡的各个片段，给人一种看电影的沉浸感。

同样的，最后的对决场景也十分震撼。到日落前的剩余时间，每个小章节都在持续进行着倒计时。5点15分在加油站加油，5点30分与治安官分别，5点45分准备圣水，6点10分亚基特到达，6点23分到地下室，6点40分到地下洞穴，6点45分到棺材前，6点51分吸血鬼醒来，6点53分对决。6点55分日落。瞧瞧，时间多么令人在意，手汗直冒，紧张到几乎令人窒息。即使想要合上书本，但身体就像被吸血鬼操纵了一样擅自翻动着书页。有种陷入了无底沼泽的感觉。史蒂芬·金真不愧是"引人入胜之王"。

虽然迟了一些，但修订版的《撒冷镇》已经紧紧抓住了我的心。我成为了作家史蒂芬·金的俘虏，不，是字面意义上的"仆人"。

最近，给小说写推荐腰封的邀请日渐增多。本来，身为作家这不是什么值得夸奖的行为。但是，如果一条腰封能像吸血鬼的眼睛那样诱惑着人们去和小说相遇，我觉得这也是一种很好的继承MEME方式。

正是由于我通过腰封与史蒂芬·金相遇，才有了在《达·芬奇》上推荐书的连载。和创作不同，腰封是另一种传递MEME的手段，《我所爱着的MEME们》也是一样。

（2012年2月）

寻找过程中的喜悦感
和在费尽心力最后找到时的宣泄

《视觉大发现》系列 I Spy　**沃尔特·威克**/著 Walter·Wick

在这一页中,有企鹅、8只青蛙、袋鼠、斑马等东西隐藏着哟。

去年的圣诞节,我给孩子买了视觉益智游戏绘本《视觉大发现》的圣诞版。只是把它打开,周围就变成了银色的世界。这也是我选这本绘本的理由之一。其实在买这本书的时候,我对于内容和标题都不是很了解。但话说回来,这就是我想得到的感觉。就和亲子间一起看《视觉大发现》一样。

从那天起我每晚都要和孩子两个人一起看《视觉大发现》。每看完一册,就会再去把下一册买回来。不知不觉在年初的时候就把全系列买齐了。

只要玩过一次就能立刻明白《视觉大发现》能够俘获人心的秘密。但是和同样属于视觉探索类的绘本《威利在哪里?》完全不一样。《威利在哪里?》已经把作为目标的"正确答案"给读者准备好了,是和"来找茬"类似的游戏书。而《视觉大发现》则不是用图画,只是用"语言"来给予提示。比如说"青蛙",什么样的"青蛙"?什么颜色的?什么大小的?是玩具吗?是画吗?将这些全部联想起来,在找到全部"青蛙"之前会一直在绘本中彷徨。如果死抱着自己观念中的"青蛙"形象是找不到的,要舍弃先入为主的观念,把存在于书中的"青蛙"找出来,这就是《视觉大发现》所特有的乐趣所在。

所寻找的对象既埋在雪中,又藏在影子里,也许在照片中,又可能在云彩边,甚至与桥之类的建筑物同化在一起,巧妙地隐藏在框架之外。尺寸也不尽相同。因为是在玩具的世界里,所以不会是正常的比例大小,为了能够找到目标,必须能够自由地变换心中的比例尺。

《视觉大发现》既不是引导答案的问题集,也不是比拼成绩的游戏书,所以官方从来没有刊载过任何正确答案。整套书都是基于这个规则。为了代替解答,书中准备额外的捉迷藏环节(出题),当然也可以自己出题,创造出各种各样的玩法。总之,一个人也好,亲子间也好,都可以自由地重复享受游玩乐趣。

就像装在玩具箱里的乱七八糟的东西一样,隐藏在书页中的小玩意儿不仅吸引着孩子们的兴趣,也勾起了大人们的回忆。这些都是作者自己从世界各地的杂货店、古玩店收集来的宝物。人偶、弹珠、车模、毛绒玩偶等玩具;羽毛、贝壳、树果这种不知道从哪儿捡来的东西;糖果、饼干之类的点心;以及剪刀、回形针等小时候的文具。这些都是孩子们会放在抽屉里的东西。每次制作该系列丛书时都会拍上大量照片,也许为的就是让人翻开书页看到这些东西,心情能变得好起来。以至于我都忘记了寻找,不知不觉开始呆呆地看着这些小玩意儿。

由于已经老花眼的我也能乐在其中,所以这跟视力好坏完全没有关系,没必要紧锁眉头瞪着眼睛。不如说正常视力反而无法看出来,作者的目的其实是"视觉欺骗"以及让读者看破诡计的陷阱。比的不是眼力,而是头脑。

现在是搜索引擎的时代了,什么都靠自己去寻找的时代已经结束了。想要找什么的话，用电脑或者手机简单地google一下就可以了。全世界的人气店铺、美食、电影、小说、时尚全都可以轻易地找到，完全是被动接受一切的生活。但是这样一来，原本寻找过程中的喜悦感和费尽心力最后找到时的宣泄就没有了。所以我才想向诸君推荐《视觉大发现》。在充满各种各样东西的"垃圾堆"里，去"寻"必要的宝物，然后"找"到。当然为了"找到"，还需要一定的灵感。在这个锻炼的过程之中，也寄宿着MEME。凭一己之力找到东西的这份经验，也一定会越积越多的吧。到那时候一定会感谢找到《视觉大发现》的自己。

人生就像捉迷藏
睁开眼睛，心灵亦宽广
跟上节奏
眼睛盯好MEME
来，找吧！

（2012年3月）

听到了一直寄宿在自己心里的，父亲的"声音"

《星宿咖啡馆物语》朝井辽/著
（星やどりの声）

昭和52年（1977年），就在Candies[a]刚刚宣布解散的那个夏天。我的父亲钦吾当时在制药公司上班，那天他很少见地提前回到家，嘴里嘟囔着"头好痛"。家里只有我和母亲，哥哥因为有社团活动还在学校里。准备提前做晚饭的母亲突然听到"啊啊啊！"的惨叫声。赶过去一看父亲倒在地上，脸色发青，浑身痉挛不止。我急忙拨打了119，留下正在搬动父亲的母亲，到街上去引导救护车的到来。暮色之中终于传来了警笛声响，我只带了几条毛巾和钱包就一起乘上了救护车，向医院疾驶而去。

"小岛先生，听得到吗？小岛钦吾先生？能听到吗？"

急救人员确认着父亲的意识，父亲没有回应只是一味地抽搐，而我只能在旁看着这一切。父亲用仿佛想告诉我一些事情似的眼神盯着我。第二天傍晚，父亲未能留下一句遗言，便停止了呼吸。死因是急性蛛网膜腔下出血，享年四十五岁，当时我十三岁。

在白色相框的照片里，有一个爸爸。在白色的盒子里，也有一个爸爸。

那个时候父亲到底想对我说些什么，我百思不得其解，一直怀

---

a 糖果合唱团，日本1970年代著名少女偶像团体。

着这个疑问长大了。

下雨的时候躲到屋檐下避雨叫"雨宿"。看这仿佛要从天上掉落的星星，能够接住这些星光的，就是"星宿"。

《星宿咖啡馆物语》是青年作家朝井辽所著的一部非常优秀的小说。以镰仓一处被叫做"连之滨"的架空海港小镇为舞台，讲述了一大家子人的故事。主要人物有经营着四年前因癌症去世的父亲星则留下的咖啡店"星宿"的母亲，以及长女琴美（已工作三年）、长男光彦（大学四年级）、双胞胎的二女儿小春和三女儿琉璃（高中三年级）、二儿子凌马（高中一年级）、三儿子真步（小学六年级）。故事描绘了这一家人的成长与无法割舍的联系。一般来说就是普通的家庭小说才对，但并非如此。虽然是"世代交替"这个十分普遍的主题，但仿佛纤细的情感结晶化了一般的华丽文体、朝井特有的多主人公叙事手法，通过这几方面的完美契合，成为了一部青春接力赛式的家庭小说。

那并不是无暇的纯白，而像是拼尽全力想要掩盖原有颜色的白。

白色的印象是贯穿本作全篇的一个象征。纯白的牛奶、窗帘、笔记本……无论哪个用的都是父亲星则喜欢的白色。纯白的病房、病房、病号服……在纯白的季节里，被纯白布料包裹的父亲回到了家中，这就是父亲星则留下的最后的颜色。另一方面，黑色的印象也频繁登场。店里的招牌菜炖牛肉、滤布过滤的咖啡、葬礼来宾的丧服、孩子们的校服。就像"俯瞰连之滨就像咖喱饭"这个比喻一样，选择海港小镇作为舞台，不如说是一种故意抑制着颜色发挥的"黑白"小说。

颜色的变化从身为常客的"布朗老爷爷"不再来店开始。家人们终于注意到了，他们失去的不仅仅只是"布朗（brown褐色）"。梦想成为色彩搭配师的二女儿、在有着各色宝石的珠宝店工作的长女、把家庭的色彩留存在底片里喜欢拍照的三儿子。他们把身为建筑师的父亲所留下的纯白"家庭图谱"填上了各种各样的颜色，摸索着新的家庭配色。总而言之，这部小说就是讲述了失去家庭支柱陷入灰色混乱的一家人，填补修正生活颜色的故事。初看之下觉得孩子们一人一个章节比较零散，但都会为下一个章节巧妙地埋下伏笔。最终他们终于把咖啡店"星宿"那星形的天窗归为一体，这奇迹般的美丽和谐，即是星则的遗志（MEME）。

"爸爸我啊，还有很多想给你们看、想向你们传达、想教给你们的东西。真想看看走出这座小镇，投身于其他地方的你们。"

那个夏日，我面对着父亲，钦吾的遗体，以为永远失去了父亲。但是不对，父亲至今仍活在我心里，深藏在我心里的声音，就是那个时候父亲钦吾想传达给我的东西。自那以后过了三十五年，我在这本书里听到了一直深藏在自己心里的，父亲的"声音"。

"大家就拜托你照顾了。"

总会有一天，我会把接力棒（MEME）传递给我的孩子们。到

那个时候，我应该也会像父亲一样，对他们这样说道。
"因为你们是我的孩子，所以一定没问题的。"

（2012年4月）

我的胸膛被作者用锋利的手术刀满怀快感地剖开了

《剖开您是我的荣幸》皆川博子/著
<small>開かせていただき光栄です—DILATED TO MEET YOU—</small>

"那么，剖开您是我的荣幸。"把delighted to meet you——见到您是我的荣幸，改成dilated to meet you，克拉伦斯对男人的尸体说道。

去年年末，2012年版"这本推理小说真厉害！"按照惯例如期发售了。虽然以往都没怎么关注过，但果然还是很在意排名。不是希望被推荐什么，只是想确认自己喜欢的书（MEME）有没有入选。

日本国内排第一位的是《种族灭绝》。这部在发售前我就拜读过了，还写了推荐腰封。第二位是《折断的龙骨》。虽然没有读过，但作者米泽穗信的"古典部系列"我全都读完了。"我的口味（MEME）看来完全没选上嘛。"正当我如此自嘲的时候，却被接下来的标题惊住了。《剖开您是我的荣幸》？作者皆川博子。这位作家的名字倒是有听说，但她的作品我一本都没有接触过。这深深伤害了我这个每天都去书店的人的自尊心。

这个作家到底是什么样的风格？正当伤口慢慢愈合的时候，我看到一篇对皆川博子女士的采访。

"八十一岁的现役作家每天都要去书店。'因为我讨厌在外面走路，所以起码要在书店里走一走。'就算没时间立刻就读，但也会去经常寻找自己喜欢的书。"（2001年10月21日朝日新闻）

太令人吃惊了。这位皆川老师居然是和我老妈同世代的八十二岁,而且还是老资格现役作家。

没有任何犹豫,我立刻打开少女漫画风格装帧的《剖开您是我的荣幸》。我的胸膛被皆川老师用锋利的手术刀满怀快感地剖开了。然后就好像被麻醉了一样,紧接着又读了《死之泉》《倒立塔杀人事件》等皆川老师的代表作。

虽然基本上都是推理小说,但又包含着幻想、耽美、时代。幻想与史实、怪诞与情色、异端与背德。躺在手术台上的我,陶醉在这各种风格交织在一起所形成的的美感之中。

《剖开您是我的荣幸》以18世纪的伦敦为舞台,是一部以非法解剖为主题的具有流行风格的本格推理作品。《死之泉》讲述了第二次世界大战时,在纳粹的人体实验设施里发生的亲情与复仇的故事。《倒立塔杀人事件》的故事是在二战结束前后的东京,于一所教会学校里发生的虚实交错的轻小说风格推理。

每一部作品都饱含作者通过取材获得的丰富信息、作家自身的经验、知识、直觉、想象力以及主张。这不是治疗内科的处方,而是把异国的美术、音乐、文学等丰富知识通过外科缝合的手段强行连接到一起。是一部拥有丰润美感的叙事诗。

另外皆川老师的作品与上世纪70年代少女漫画很像,是究极的"角色小说"。皆川老师生于1930年,同时代有着持续散发耽美与异端MEME的涩泽龙彦[a](1928年)、三岛由纪夫(1925年)。受此世代影响并将耽美、异端、同性爱主题在少女漫画界发扬光大的有荻尾望都、竹宫惠子、大岛弓子为首的"二十四年组"[b]。三岛和涩泽不

---

a 日本现代著名小说家、评论家,著有大量充满暗黑色彩的幻想文学作品,是日本杰出的幻想文学先锋。
b 全名"花之二十四年组"或"昭和二十四年组",是日本活跃于1970年代的一批优秀少女漫画家的统称。

在以后，她们"二十四年组"的接力棒，被平成的年轻作家们很好地接了过去。

　　胸腔被剖开的我，继续寻找着她过去的作品。虽然凭借大书店的渠道，好不容易将短篇集《蝶》弄到了手，但其他著作都没有找到。看来皆川老师的作品增印量很是有限。可能现代的读者们对以外国为舞台的非日常小说都刻意保持着距离。因为对于自身不知道的世界、文化、习惯、土地、时代、思想，想去理解的话对于读者来说都需要花费相当的努力和体力。

　　遗憾的是，现在的翻译作品和日本人写的小说，也都对以外国为舞台的非日常小说敬而远之。现代的、随处可见的、世俗的、谁都可以代入感情的、描写日常的作品却广受喜爱。但我们那个世代不是这样的。读那些翻译小说，是为了去理解那不知道的世界、文化、思想。那份去理解未知的兴奋感我至今还记忆犹新。因为那是去见识自己不知道的世界，这也是读书的真谛。虽然这么说，皆川老师作品中关于异国、异世界以及战争的主题，现在的年轻人还是很难适应的。

　　即使如此，八十二岁的皆川老师仍然作为现役作家向21世纪的读者们传递着接力棒。这让我大为感动。

　　我在二十五年前执着于"故事"和"信息"这种对游戏来说没有必要的调味，但是这种想法随着社交游戏的兴起而渐渐消失了。"游戏只要能消磨时间就可以了，文化属性并不重要。"这也许就是由"时代"所下达的结论。

　　即使如此，过了八十岁我也打算继续作为现役从事这个行业。我要把自己的MEME融入到游戏当中。这是从皆川老师那里接过的接力棒（MEME）。

皆川博子老师，您拓宽了我的眼界，非常感谢。

然后，虽然迟了很久，妈妈，能遇见您我很荣幸。

（2012年5月）

我们能否活在"别人的语言"中

<small>Le Grand Cahier　　La Preuve　　Le Troisième Mensonge　　Agota Kristof</small>
《恶童日记》《二人证据》《 第 三 谎 言 》雅歌塔·克里斯多夫/著

如果离开了自己的国家，我的人生会变得怎样？可能会变得更加艰辛，更加贫苦。或许也会过得不再这么孤独、这么撕心裂肺。（出自雅歌塔·克里斯多夫自传《文盲》）

自"3·11"大地震以来已经过了一年，至今大地震和核污染带来的不安依然笼罩在人们的心头。我们搞不好就要失去日本这个国家了，说不定就要失去日本人的归属了。这种心力交瘁的感觉持续了整整一年。但是，失去故国这种事到底是什么样？

这时候的我想起了《恶童日记》的作者雅歌塔·克里斯多夫。她于1935年在匈牙利出生，1956年匈牙利爆发反俄动乱的时候以难民的身份逃亡到了瑞士，一直到2011年去世都居住在法语圈的纳沙泰尔市。在那期间她学会了法语，因以非母语发表作品被称为"难民作家"。

"我们"的《恶童日记》

雅歌塔·克里斯多夫1986年发表的小说处女作。以作者在二战末期居住的与奥地利接壤的村子作为舞台。主人公是与被称为"魔女"的外婆关系疏远的双胞胎——"我们"。以第一人称的"作文形式"，描写了年幼又不谙世事的他们在战乱中努力生存的故事。这种作文一样的文章去除了无谓的感情修饰，只留下如清水一般的事实。从而形成了简单至极又锐利深刻的客观文体。在本作中能感受到战争时"我们"所经受的那种残酷冰冷的生活，是一部印象鲜明的纯文学作品。

"卢卡斯与克劳斯"《二人证据》

两年后的《二人证据》更是震惊了世人。第二作改变了"作文形式"的文体，从"我们"变成了"卢卡斯与克劳斯"的第三人称。续篇与前作有着一定的联系。一心同体般的兄弟二人，其中一个越过了国境线，而留下来的卢卡斯，以"手记"的形式续写着"我们"的"恶童日记"。但是，最后发现"LUCAS（卢卡斯）"只不过是"CLAUS（克劳斯）"调整字母顺序的产物，卢卡斯并不存在，只是克劳斯在"手记"中创造出来的而已。把"我们"写下的"恶童日记"中的真相剜去、替换，把双胞胎确实存在的"二人证据"也予以了否定。

"我"的《第三谎言》

然后就是1991年的《第三谎言》。这部也让读者们目瞪口呆。完结篇用了"我"这种第一人称来书写。表明了至今出现的"我们""卢卡斯与克劳斯"都是"我"所妄想出来的。随着作为第三者的"我"的自白，恶童们的文字变为作者自传性质的故事，也就是作者自己亲身经历的真相。

从那三次谎言中诞生的多重构造之中，雅歌塔自己深刻的失落感浮现了出来。"我们"越过国境，分裂成了"卢卡斯与克劳斯"

两个人格。并且，走向异国的"我"在全新的土地上无法适应，回到故国的"我"也找不到归所。同时拥有多个身份ID的"我"不是一个国民，而是一个流浪者。而且，分裂的人格就算变回了"我"，也不是以前的"我们"了。

　　三部作品读下来后，感想会逐渐发生变化。以这样复杂的结构来组成的三部曲真是前无古人后无来者。

　　实际上，雅歌塔居住的村子在二战中被德军占领，强迫村民们学习并使用德语。在被苏联军队解放后，他们又被强制要求使用俄语作为正式语言。战火之中她的母语匈牙利语被好几次剥夺。她用被称为"敌语"的陌生异国语言执笔，写下了文学性极高的"语言丧失的悲剧"三部曲。也就是说，她所编织虚假MEME的理由正在于此。

　　失去母语这种事到底是怎么样的？日本没有"公用语"这种东西，语言基本上只有一种。对我们这些国民来说，日语就是身份的证明。因为战争或天灾丧失国家(state)或国土(country)暂且不说，假如丧失了日语这种国民性(nationality)的话，我们能否活在"别人的语言"之中呢？

　　我们正直面着失去国家(state)的危机。政府明天就崩坏了也说不定，但我们仍然想要相信日本必会迎来复兴。为了能够确定这份决意，雅歌塔·克里斯多夫所留下的文本(MEME)，我们现在一定要读上一读。

（2012年6月）

就算舍弃一切，
"那个"也还是要继续

《众神的山岭（神々の山嶺）》梦枕貘/著

"Because it is there." 因为它就在那里。

这是登山家乔治·马洛里的名言"因为山就在那里"的原话。实际上这是对记者问他"为什么你想要攀登珠穆朗玛峰?"，马洛里回答"因为它就在那里"的曲解。

不管在什么时代，冒险家们都渴望踏足人类未曾染指的领域。大航海时代的"它"是新大陆，冷战时代阿波罗计划中的"它"是月球。而20世纪中叶时，地球上最后未被踏之地就是"山岭"了。

把登山比作人生的例子有很多。对人来说有各种各样的"山"和"它"。我到了现在这个年纪，那个"它"却好像找不到了。

因此，编辑部的横里先生向我介绍了一本书。获得柴田链三郎奖的杰出山岳小说，梦枕貘的《众神的山岭》。

总之，想向所有对人生感到迷茫的、检讨着走下坡路的自己的人推荐这本小说。零下40度的气温、高度障碍、强风、雪崩、落石、冻伤、饥饿与干渴……对地球上的生命来说，没有比这更严苛的极限环境了。毫不留情的残酷描写看得人喘不过气来。虽然知道这是小说，但看到书中的角色们遭受着寒冷和缺氧，忍受着难以抑制的疼痛和颤抖时，还是不禁想要大喊，"求你们了! 快放弃吧!"但是故事中仰望着顶点的男人们，没有舍弃梦想走下山去，而是选择了怀抱梦想与山同化的道路。明知自己没有胜算，却还是做出了这种愚蠢的行为。但是，男人们就算舍弃了一切也要继续追寻"它"的壮烈意志，紧紧抓住了每个人的心。这上下卷合计1000页的两座大山，我与专注到令人畏惧的他们共同攀登。由此，我也再次找到了一直以来所追寻的"它"。

《众神的山岭》有两位主人公。一个是四十九岁仍然以"在冬季从珠穆朗玛峰西南侧无氧单独登顶"为目标，传说中的天才登山者羽生丈二。即使是在从未有人踏足的山顶、季节、路线、限制性装备等苛刻条件下，也要继续攀登的孤高登山人。

这种行为只是在重复别人走过的路线。谁也没有走过的直登路线，才是属于我的路线。在这岩壁上刻下我的印记就是我所能做到的事情。

我的那个"它"与羽生的简直一模一样。没有人做到过的事情，我比任何人都要先实现。并且要选择谁也没有走过的危险道路。这就是我的那座山。

《众神的山岭》还有另一位主人公，同时也是故事的讲述者摄影师深町诚。他为了解开一个谜团而追寻着羽生，这个过程中他受到启发，也投身进了大山之中。没有自信的深町常怀着"要被丢在山里了"的自卑感和强迫观念。为此，他涌起了追上羽生脚步的决心。最终深町终于明白，继续登山就是他的那个"它"。

我一定会活着回来。活着回来，然后再次向山进发。会一直这么持续循环下去的吧。这就是我所能做到的事。我只能做到这些。

想像羽生一样走在前面的我，被他那若有所悟的独白深深震撼到了。就是这样，现在这个老朽的我不是羽生，而是深町。

从我最早做出"它"到现在，已经过了四分之一个世纪。现在回想起来，我只有"它"了。如果失去了"它"也就失去了自我。所以，就算我舍弃了一切，"那个"也还是要继续。

"并不是因为山就在那里。而是因为我就在这里。（略）只能这样了。不是像其他人那样，那个也可以，这个也可以，然后从中随便选择了山。正因为只能这样，我才选择了山。"

我的"它"就是"制作游戏"。如同投身进大山的他们一样，我被引我误入歧途的"它"所拯救了。

话虽如此，时代在变化。我所攀登的"制作游戏"也发生了地壳运动，不断在发生着改变。即使如此，我也会继续攀登。不是"因为它就在那里"。不如说，从现在开始"因为它不在那里"所以才要继续攀登。

（2012年7月）

将虚构的故事现实化

The City & the City　China · Mieville
《城与城》柴纳·米耶维/著

《城与城》是一部想象力空前的科幻小说。

在巴尔干半岛有一个叫作"贝杰鲁"的架空城邦,在那里发现了一具死于他杀的身份不明女尸。故事以追查案件的刑警博鲁尔的第一人称进行叙述。

"什么嘛,不就是那种随处可见的硬汉派(Hardboiled)小说吗?"肯定有人这么想吧。

但是,请看第33页(早川文库译文版)。

"我们正渐渐变得看不见'那一侧',但瞬间时隐时现的空隙我们还是能察觉到的。"

接下来第45页。

"朋托·麦思托把'这一侧'和'那一侧'都搞混了。"

这种描述再度出现了。
到第69页。

"这次我看见旁边的都市了。虽然违法,但我看见了。"

The Gifted Gene and My Lovable Memes

情况终于渐渐明朗起来了。

也就是说，这个世界中"贝杰鲁"和"乌尔·寇马"两个国家呈马赛克状交叉存在着。没有像柏林墙那样的物理隔离设施，而是道路和土地共有的双重都市。两个城邦互相都能"看到""听到"。但在漫长的历史中，人们被要求"不许看"，进行着"看不到""听不到"的训练。久而久之，人们的脑海中渐渐有了国境的概念，互相都把对方视为不存在的东西。并且，城市之间互相越境的"Bleach行为"是严令禁止的，为了取缔这种行为创立了一个神秘组织"Bleach"，民众出于对该组织的恐惧，使得这个"看不见"的国境系统一步步形成了。

随着故事的进程，会发现被害者是在"那一侧"被杀害后，又被搬运到了"这一侧"。刑警博鲁尔在接受了正规的事前训练（适应风土人情）并办理手续（国境）之后，进入了在"那一侧"的乌尔·寇马国。随着调查的深入，逐渐发现了在城与城之间还有第三座城市"奥鲁伊尼"的存在。专攻考古学的被害人正是为了调查这第三座城市，才被卷入了事件之中。寻找犯人的之旅（whodounit[a]），和探明二重城市为何存在的科幻推理交叉进行着。

能够将如此奇思妙想实际呈现的小说实在是太少见了。

本书中，"分割线"(The Line) "完全"(Total) "异质"(Alter) "突出""Cross Hatch""纷争地区""Bleach"等科幻词汇层出不穷。但另一方面，故事中也有很多诸如"iPhone""亚马逊""My Space""哈利波特""恐龙战队"等我们日常生活中熟悉的东西。

说起来，把现实转换成非现实本身就是小说的精髓。本作则是反其道而行之，把异想天开的虚构故事转换成理所当然的现实日常。

---

a who done it 的略称，指重视找出犯人的推理小说，也有代指侦探小说的意思。

与将幻想或超自然现象进行科学考证的20世纪科幻不同，成功地对日常生活进行了缜密细致的构建。

第一部在"贝杰鲁"一侧的时候，我以为就是普通的都市警察小说。第二部到达"乌尔·寇马"一侧的时候，我惊讶于城市的那份虚幻。第三部在"Bleach"一侧时，我被城市的文学性所深深震撼。

本书身为一部推理悬疑小说的同时，也是一部把读者对作品的分类进行"Bleach"（漂白）之后，从而得到更深层次乐趣的"Cross-Hatch"（交叉阴影）小说。

现在，小岛组洛杉矶工作室已经开始筹备建立了（当时2012年）。如果顺利的话，恐怕我就要经常往返于东京与洛杉矶了。两家工作室间的"突出"也会越发紧密起来吧。当把目标定为"世界"的时候，工作室到底在"哪一侧"已经没有意义了。因为工作室就存在于"城与城之间"。

城市是MEME集聚的产物。但是，我的工作室在东京与洛杉矶之间，成为了在第三个"世界"里存在的真正的全球工作室。从今往后，我希望不是像美式马赛克化的MEME，而是真正意义上面向"世界"、全球性的、"Bleach"（漂白）的MEME能够得到"突出"体现。

卷末，博鲁尔警官这样说道。

> 我所在的这个地方人人都是哲学家，讨论着各种各样的事，其中一个例子就是自己生活的地方在哪里这个问题。关于这点我只能从宏观的角度来考虑。确实，我生活在城与城的夹缝之间，但我又同时活在两座城里。

（2012年8月）

MEME舍弃掉旧有的外壳，用以创造新的未来

《火车(火車)》宫部美雪/著

现在很多东西都在向着电子化方向发展。现有的"存在于某处"的"东西"，都在朝"不存在于某处"变化。所有的有质量的"东西"，都在渐渐变成电子空间中无法直接触碰到的"数值"。

远在这种电子时代之前，就有这种便利性的非物质化东西存在。那就是货币、金钱。日本国内信用卡实用化的高度成长期是在20世纪60年代初。随着普及度越来越高，年轻人滥用信用卡导致的"个人破产"也成为了极大的社会问题。到了1990年代，描写"多重债务"这一社会毒瘤的推理小说也开始出现了，那就是宫部美雪的《火车[a]》。这部作品是我人生最喜欢的五十部小说之一，是杰作中的杰作。

人活着就会留下痕迹。就好像脱下的上衣还会残留体温一样。

我觉得《火车》说是平成时代的《砂之器》也不为过。如果说松本清张的《砂之器》是通过特别的"宿命"引导出"地狱(火車)"的小说的话，本作就是描写了日常的"生活"中潜藏着"地狱(火車)"。本作讲述了一个平凡的女性留下"痕迹(MEME)"的故事，她为了追求幸福的生活，最终走上了犯罪道路。同时也是在这个过程中，这位女性壮烈

---

a 佛教用语，指冒着火的车，用来载生前做过恶事的亡灵前往地狱。

地舍弃自我，迎合"社会"。MEME（MEME）是用来传播的，但是就像GENE（基因）会迎合DNA一样，MEME也会舍弃掉旧有的外壳，用以创造新的未来。

自《火车》这部作品面世已有二十年，时代经过了几度MEME的蜕变，诞生了新的"病灶"。在"游乐"和"日常"都电子化的现在，将成为新"火车"的火种也如炭火一般闷烧着。之前引发话题的社交游戏"Complete Gacha[a]规定"也是其中一个先兆。所以即使到现在，《火车》也在引发2012年的读者们的深思。

因货币失去价值导致的连锁反应扩大，产生了信用卡透支的地狱。为了从这个地狱中逃离，有一个舍弃了过去的女性（MEME）。还有一个把这些被舍弃的躯壳残渣（MEME）收集起来，想让这个女性得以再现的刑警。《火车》作为社会派推理作品至今仍享有盛誉的理由也正在于此。

在宫部美雪的作品中我最喜欢这部的理由，不是它具有先见性的社会派部分。为了生存，舍弃过去，夺走他人人生的薄情女子（MEME）。对这个女性的痕迹（MEME），我怀有一些特别的感情。

"知道蛇为什么要蜕皮吗？（略）因为它们相信在一次又一次的蜕皮中，总有一天会长出脚来。"

本作中关于这位女性的言行、性格、外貌没有进行直接的描写，只能从履历表和合影中对她进行了解。唯有从含糊的抽象表现和一些碎片中窥得一些信息，没有任何本人的话语和情感表现。这名披着"关根彰子"外皮的"新城乔子"到底在想些什么，到底是怎么犯罪的？推理小说最重要的解答这部分，直到最后也没有明示。正

---

a 即手机社交游戏中的抽选、抽卡。

因如此，我虽然不停翻动书页，但一直也没能看见她长出的脚。

特别值得一提的是在最后，追寻事件真相的刑警得到了和犯人面对面的机会。但是前来逮捕凶恶罪犯的老刑警，说了一番颠覆推理小说常识（MEME）的话语。

脑海中浮现出的，只有各种想问的问题，并没有愤怒。（略）这种情况还从来没有过，一次都没有。

是的，读了这么多推理小说，最后判明一切的时候怀有这种心情的情况还从来没有过，一次都没有。

如果你逃掉了的话，我觉得我反而会松一口气。

是的，就是这种感觉。看了那么多推理小说，还从没见过犯人跑掉反而会觉得松一口气的。

我如果能见到你，想好好听听你的故事。
迄今为止谁也没有听到过的，你独自一人背负着的故事。四处逃亡、东躲西藏岁月里的那些故事。

作者让本该不存在的她在最后登场，正是想表达《火车》这个故事的未来既不是"实体"也不是"数值"，而是连接着读者的"远方"。

最后一页，最后的三行，我至今无法忘怀。

时间的话,有的是。

新城乔子——

至今仍有一双手搭在她的双肩上。

我合上了《火车》的书页。但是,我的手至今仍搭在那并没有长出双足,只是伫立在原地的女人的肩头。

(2012年10月)

在无懈可击的完美犯罪之外，
有一种和"大义"无关的成就感

《幻影81》卢西恩·纳胡姆/著
  Shadow81 Lucien Nahum

这是我最喜欢的作品！我从未遇到过有能够超越本作的故事。

在我眼前，有一本复刻版的《幻影81》。我在时隔三十五年再度读完了此书。本文开头的那段，是两年前（2010年）"小岛秀夫之选 早川文库即卖会"活动中，写在腰封上的话。

中学二年级的春天，我与这部"非凡的作品"相遇了。只能说是太巧了，我喜欢的科幻和外国翻译来的作品几乎都是早川文库旗下的创元推理文库出品的。然而那一天，在新刊柜台摆放着的由新潮文库出品的《幻影81》紧紧吸引住了我的眼球。在当时说起新潮文库，那就是文学和古典作品的代名词。这样一家出版社，出了一本外国的娱乐冒险小说，而且它还有着一个非常早川式的漂亮封面（复刻版《幻影81》的早川文库版封面更接近于新潮文库版，就是封面飞机的角度改为了水平），让我很感兴趣。

总之，《幻影81》这部作品非常非常的有趣！

一架从洛杉矶飞往火奴鲁鲁的波音747喷气式客机（呼号PGA81），被最新型可变翼垂直起降歼击轰炸机（TX75E）劫持了。本书标题《幻影81》含有"追逐PGA81的机影"的意思，81是指劫持机的呼号。这个前所未有的，不，即使有人曾经想到过也无法完成的大胆构想，纳胡姆通过对细节部分的缜密描写，献上了一部完美的作品。证据就在于，无论是之前还是之后，对本作核心创意进行模仿的作品一部都没有。是独一无二的"战斗机劫机"娱乐小说。

事实上，本作就算是当作纯粹的悬疑推理小说也是十分优秀的。从交付赎金开始，到最后主犯的真面目和动机得到揭示，那曲折的过程和扣人心弦的连续展开，就好像如今人们津津乐道的杰弗瑞·迪佛[a]（Jeffery Deaver）的作品那样。另外，本作也有对越南战争时期美国的黑暗进行讽刺的社会派小说一面。虽说如此，但凭借着书中那些独特的人物、机智风趣的对话，这个关于"幻影"的故事尽管有一些深刻的主题，但读起来还是挺轻松愉快的。

将这个空前绝后的想法，嵌入可以被称为"劫机说明书"一般的真实性，升华为现实冒险小说，实在是精彩。举个例子，犯人把犯案痕迹扔到海里去的这段描写。

桌子、七张折叠躺椅、六张空气床垫、两把遮阳伞、便携冰盒、啤酒、清凉饮料、额外的罐头。

这张丢弃物名单甚至具体到了件数。对犯人周到的准备、计划实施过程的细致描写，实在是太有趣了。

当时我比较喜欢的冒险小说，基本上主人公都是警察、军人、政府的特工等等体制内的人，在光=善、影=恶这种规则下，将法律的秩序与正义作为"大义"描写的冒险小说。所以，对破坏法律的那一方的所谓"大义"进行美化的黑色小说（Noir Fiction），我是敬而远之的。本作也是破坏法律那一方的"影的故事"，却有种说不出来的爽快感。我从那黑暗的"影"当中，看到了明亮的"光"。因为犯人们没有

---

[a] 美国当代著名的侦探小说家，代表作《人骨拼图》。

伤害任何人，包括犯人自己在内，没有一个人在这起事件中流血。相比一般而言的"劫持事件"，更像是一场比拼脑力的斗智游戏。最终，读者不禁为作品的高超技巧和耳目一新的结局所折服，以至于对犯人们的动机和主张也产生了深思。在无懈可击的完美犯罪之外，有一种在黑色小说中未曾体验过的，和"大义"无关的成就感。

如此杰作随着新潮文库版的绝版，"影"的MEME也断绝了。不过在2008年，这部梦幻般的小说由早川文库再版，再次出现在了书店当中。并且，腰封上竟然还有我写的推荐！

接过MEME接力棒的我，面向新世代毫不犹豫地写下了"这是我最喜欢的作品！"。我想不出比这更有力的推荐词了。

在我的眼前，有一本2012年印制（第四刷）的早川文库版《幻影81》。我把另一本沾满手印的新潮文库版初版（后来买的旧书）和它放在了一起。

作为续航时间极长的歼击轰炸机被秘密研发的TX75E(幻影81)，虽然比新潮文库版的封面来说高度要稍微下降了一些，但至今仍在我的头顶上持续飞行。

（2012年11月）

这个世界就是
诸多微小故事（MEME）的集合体

《潜龙谍影 爱国者之枪》伊藤计划/著
_{Metal Gear Solid Guns Of Patriot}

这之后会有很多创作者出现吧。没错，就是小岛监督的"恐怖之子们"。并且，我就是其中之一。不，我要是能被人们这么认为就好了，这就是我渴望成为的样子。所以你们也不要再有所顾虑，大胆地创作吧。（出自伊藤计划《小岛秀夫 在神已死的时代作为神之话语的传颂者》）
_{Les Enfants Terribles}

伊藤聪先生，是对我的创造物理解最深的一个粉丝，被称为"小岛原教旨主义者"。在以伊藤计划为笔名出道后，与我成为了志同道合、互相尊敬的好友。但是2009年的春天，在他的作家生涯正要腾飞之时，伊藤先生去世了。突然间，我失去了一位我MEME的重要听众，失去了一位我重要的"恐怖之子"。

伊藤先生去世前一年半，我请他创作《潜龙谍影4》的小说版。不是因为他初出茅庐好使唤，而是想让与我拥有相同MEME又有才华的年轻作家，把MEME的故事用和游戏不同的形式表达出来。

我想讲述的，是《潜龙谍影》的故事所表达出的含义，是一个有关故事的故事。整个《潜龙谍影》传奇究竟是什么？它是如何象征我们生活的这个世界的？我所讲的这个故事，同时也是对《潜龙谍影》的"剧评"。

The Gifted Gene and My Lovable Memes

伊藤先生如我所期待的那样，创造出了不仅仅是把故事和影像单纯结合起来的小说。台词基本和游戏中一样，除了最终章以外也没有追加新的内容。即使如此，伊藤先生用只有他能表现出的感性与真挚的笔触，写出了扎实又出色的故事。向玩过游戏的人、没玩过游戏的人、对《潜龙谍影》不了解的人，传达出了相同的MEME。

这就是小说《潜龙谍影 爱国者之枪》。

即使如此，我们还是觉得能与Snake相遇真是太好了。因为与Snake并肩作战的日子里，他教会了我活着的意义。人只要活着，就会在别人的心中镌刻下自己的人生。

伊藤先生借用Otacon之口说出的这些话，令我深刻感受到了他的热情。即使已经阴阳两隔，伊藤先生的MEME仍然镌刻在读者的心中。继承他人的MEME，这就是活着的真谛。

伊藤先生接收了我的MEME，经他之手再构筑而成的"潜龙谍影4"，也是伊藤先生自己的故事。与病魔战斗着的伊藤先生凭借对"潜龙谍影"的眷恋，让自己化身为Otacon、Raiden，这部小说才得以诞生。伊藤先生并没能留下自己的基因，但他把MEME这个主题，用MEME这个传导手段，通过文字的方式留下了他永恒的"基因"。

人活着，就是为了不管以什么样的形式，也要成为他人的记忆。人终有一死，但死不代表就是输了。(略) 人本身的意义，也会像回音一样流传下去。

伊藤聪的肉体离开了这个世界，但伊藤计划这个故事仍然存在。就像我发出的MEME在伊藤这个少年身上扎根一样，伊藤计划释放的"MEME的种子"也在世界上扩散着。这其中一定会诞生第二个伊藤计划吧。

我今年已经五十岁了，从身体角度来说，在一线进行创作已经有些吃力。一般这种时候应该考虑安排继承人然后退休才对吧。但继承接力棒的那个人先我而去，我必须要继承伊藤先生的遗志。接下来，我还会继续讲述故事。因为就像伊藤先生说的那样，这个世界就是诸多微小故事的集合体。并且让故事能够薪火相传，也是我从伊藤先生那里得到的MEME之一。

人不会消失。我们就如同说书人口中奔流不息的河川。人这种存在，既是物理上的肉体，也是口口相传的故事。

伊藤先生去世后，我为了能够找到我MEME新的接收者，开始了在《达·芬奇》杂志上的连载。就像人的生命一样，连载也会迎来完结。但是《我所爱着的MEME们》这个故事，以及书中介绍的我所爱着的作品，和伊藤计划这个故事一样，将会永远传承下去。

伊藤聪成为了小岛秀夫，然后小岛秀夫又成为了伊藤计划，这个由MEME所带来的奇迹，我自己对此也感慨至深。

（2013年1月）

将心灵和灵魂与下一个世代连接，就能从与孤独的战斗中得到解放

『仮面ライダー1971《カラー完全版》BOX』 石ノ森章太郎
《假面骑士1971（彩色完全版）BOX》石之森章太郎/著

在日本桥三越总店新馆七层的美术馆前，有一幅由历代假面骑士的形象拼接而成的海报。骑士们的头上有"变身！"两个大字。周围都是拍照留念的父母和孩子们。父亲们和孩子们摆着各式各样的"变身姿势"。这里是为了纪念假面骑士诞生四十周年举办的《假面骑士展》。拍照留念的人群从四十多岁的父母一直到坐在婴儿车里的幼儿，假面骑士粉丝们从昭和到平成年代年龄跨幅非常大。我也和喜欢"假面骑士奥兹"的儿子一起，站在没有变身姿势的旧1号骑士之前，口中一边喊着"变身！"一边用iPhone拍着照片。这时我通过取景器看到海报上写着如下这句话。

"假面骑士教会了我什么是勇气与正义。"

纪念摄影结束后大家有如雪崩一样涌向会场，没看过原作的年轻人们径直向深处走去。这就是不同世代带来的分歧，因为在各自不同的少年时代都有着各自不同的"假面骑士"。另一方面，像我一样的资深老粉丝则在入口不远处展示着的石之森章太郎老师爱用的调色板前停下了脚步。调色板还保持着当时作为绘画用具时那鲜活的样子，我下意识地放开了儿子的手，紧紧盯住面前的彩色原稿。那是《假面骑士》在《周刊我们Magazine》上连载时的原稿。分镜、

The Gifted Gene and My Lovable Memes

构图、速度感都十分厉害，美到让人不自觉喃喃自语起来。介于漫画和剧画、或者bande dessiné e[a]和MANGA[b]之间。不，这应该称之为石之森艺术才对。等回过神来才发现儿子已经随着平成骑士粉丝的大军去往了"骑士战斗服展区"，只有我这个昭和时代的老家伙，还依旧陶醉在石之森老师的漫画原作之中。

在那里，我时隔四十年又看到了闪耀着光辉的初次变身的英姿。其中写着这样一句话。

"为了守护人类的和平，大自然所创造的正义战士假面骑士。"

《假面骑士》的漫画版（石之森老师本人画的包含1号骑士、2号骑士在内的总共6话）与电视版不同，石之森老师的作家性彰显得更加明显。最突出的就是并不像电视版那样一气呵成的"变身"，而是自己戴上假面，穿上战斗服。"假面"并不是常见的那种英雄为了隐藏自己身份的便利道具，而是为了遮掩每当愤怒或是悲伤时就会出现的因改造手术留下的伤疤。

漫画版中有一处我印象深刻的场景（第3话 苏醒的眼镜蛇男）。变成改造人的本乡猛在镜子前，看着不过是戴着一副"假面"的虚假面庞和身体，一人独自叹息、苦闷着。

"我既是人类又不是人类，而且还肩负着与所有被称为我的同类的怪物（改造人）为敌的命运。在这广阔的世界里我是孤独一人！"
"但是，就算是孤独一人，正因为是孤独一人——我才必须战

---

a 法语漫画的意思。
b 日本对于漫画和图像小说的统称。

斗！因为能够阻止"修卡"他们想要支配世界野心的只有我一人！"

被创造出来的怪物、异形者的那份孤独与纠葛，从这压倒性的孤独感中诞生的使命感，正是戴上假面成为英雄的动机。

漫画中没有过多地使用"正义"这个词，而是使用了"为了守护和平与自然"这一台词。《假面骑士》是一部借惩恶扬善这个架构，表达了为了守护和平，哪怕只身一人也要挺身而出的勇气赞歌。

系列自身又有着主人公向下一个世代传递接力棒的构成要素。漫画版中，1号骑士本乡猛在"第4话 13个假面骑士"中被打倒，一文字隼人继承他的遗志成为了假面骑士2号。将心灵和灵魂与下一个世代连接，骑士自身就能从与孤独的战斗中得到解放。骑士们连接起世代，而作为读者的我们也和自己的孩子之间建立起了连接。

电视版强烈地反映出世间万相。所以四十年间《假面骑士》持续传达着的"正义"这一接力棒，也与时代一同变化着。

看完原稿的我再次牵起平成时代出生的儿子的手，口中不停呢喃着石之森老师的那句口头禅。

"假面骑士是为了人类的未来而战！"

《假面骑士》是"我们的英雄"。现在更是我们"父子两代的英雄"。我和儿子各自接过了不同的接力棒，向着未来的方向迈出了脚步。

（2011年8月）

注定要"漂流"的话，
就只有寻找新的生存方式了

《漂流教室》楳图一雄/著
(漂流教室) (楳图 かずお)

如果说"保存种子"是生存本能的话，那么自私的遗传基因的任务早就结束了。那么为什么他们拼上性命也要生还呢？所谓"生还"，不是作为动物活着，而是作为人留下了意志。不仅仅是"活着"，而是"活下去"，"回到"人类的世界去。超越本能，拼上性命为了让MEME流传下去的挑战，这就是"生还"。

这是我在介绍吉村昭的小说《漂流》时所写的话。

"3·11"大地震之后，我们如今所直面的不安定状况，时常会拿小松左京的《日本沉没》做例子。但日本肯定是不会"沉没"的。不如说会在众人的注目之下，在世界中孤立，成为一种"漂流"的状态。我们日本人注定要"漂流"的话，就只有寻找新的生存方式了。

想给大家介绍一部与此相关的漫画。就是恐怖漫画第一人楳图一雄在1970年代初连载的《漂流教室》。

主人公是一个叫做高松翔的小学六年级男生。一天早上因为琐事和母亲吵架后，丢下一句"我不会再回来了！"的无心之言后便飞奔出家门。等到学校后竟然发生了强烈的地震，回过神来才发现学校被孤立在一个荒凉的沙漠之中。随着学校一起来到这个异世界的共有862人，在这个没有水、没有食物更没有秩序的地方，"生存"成了重中之重。但是本应成为依靠的大人们因忍耐不了"常识的矛盾"而发狂了。发疯倒下的女老师、陷入绝望企图自杀的老师、想要独自霸占食物的食堂男工作人员、开始屠杀老师和学生的班主任……没多久大人们全死了。

剩下的孩子们发出了"从今以后我们的暗号就是'我回来了!'（略）我们要深信回家的日子一定会到来，并为此而不懈努力!"的呼声，怀着"生还"回到原本世界的执念，奋力"生存"着。而危机却毫不留情地逼向这群孩子们。浑身是毛的怪物的袭击、传染病、学校内的权利斗争、食物的争夺，危机在内部与外部同时出现。

总之，作品中那丝毫不像少年漫画的现实描写简直棒极了。人在极限状态下的样子、怪物的造型，并不仅仅是令人讨厌这么简单。作者对为了生存而竭尽全力的孩子们毫不留情地痛下杀手。就连他们的凄惨死状都彻底展现了出来。而且经常会在横跨两页的大图上写满说明文字，甚至还有许多堪比恐怖电影的场景，只是看上数页，也会令人不寒而栗。还有一些楳图老师所特有的表现手法，比如什么都没有的背景（沙漠和雨、洪水、悬崖、地下通道）也能感觉到极度的恐怖。但是《漂流教室》中最恐怖的不是背景，不是发疯的大人们，也不是不断逼近的异形怪物或是用黑白两色强调的绝望。而是为了"生存"，变得比大人更加冷酷、像怪物一般行动的孩子们，那才是最恐怖的。我至今仍能记得主人公因为阑尾炎发作，在没有麻醉的情况下切除阑尾的场景。只要听到阑尾这个词，那个场景便会浮现在脑海中，同时希望自己"阑尾绝对不要出问题"。对我来说那个场景比电影《黑鹰坠落》里的"手抓大腿动脉"要震撼得多。

我在孩提时代很喜欢下雨的学校。我记得曾经在天气不好的时候把教室里的窗帘都拉上，造成一种与外界隔离的错觉。在微弱的荧光灯下，老师和同学们都在，学校本身似乎变成了向着黑暗进发的宇宙飞船，有一种不可思议的寂寥感。台风来袭的时候更是如此，我会想象着和同年级的同学们一起"漂流"的样子。不是直接走向由大人们所准备好的社会，而是创造只有孩子们自己的世界（规则）。我十分憧憬这种残酷的"漂流"一般的成长环境。所以对我来说《漂流教室》并不仅仅是一部漫画，而是与《十五少年漂流记》[a]、威廉·戈尔丁的《蝇王》[b]有同样影响力的少年文学作品。本作所表达的不是"生还"，而是"漂流"这一具有深刻含义的信息。

《漂流教室》描写了家庭、友人、文明、社会，是一部与"现世界"诀别的故事。

我以前认为"生还"就是一种传达MEME的"故事"。但是也有着最终没能"回来"的"故事"。《漂流教室》的开头虽然有说"生还"是"生存"的动机，但在最后还是展现出了与吉村昭的《漂流》所不同的勇气与未来。故事的最后，孩子们那庄严肃穆的神情，那时候的台词，对于经历了"3·11"后的我们来说有着更加深刻的意味。

> 我们是回不到以前那样了！（略）
> 世界发生了变化！还把大家搞得一团糟！
> 还活着的就剩我们了！（略）
> 我们是撒向未来的种子！
> 这里就是我们的世界！

---

a 儒勒·凡尔纳所著的小说，讲述一群少年流落荒岛求生的故事。
b 英国作家威廉·戈尔丁创作的长篇小说。故事发生于未来第三次世界大战中的一场核战争中，一群六岁至十二岁的儿童在撤退途中因飞机失事被困在一座荒岛上，起先尚能和睦相处，后来由于恶的本性膨胀起来，便互相残杀，发生悲剧性的结果。

也许我们现在所尝试的"保存种子",就是像"漂流"这种和前世代割离的新生活方式。

(2012年9月)

这本特别的"日记"，让我们回想起什么才是永恒不变的重要之物

《海街日记》(海街diary) 吉田秋生/著

每当蝉鸣停歇之时，我都会想起那座海街[a]。

我到三岁为止都住在神奈川县的辻堂。那里离海边很近，近到自行车非常容易生锈的程度。那时候全家人经常一起去镰仓、北镰仓、江之岛赶海以及参观大佛。之后我们家搬去了关西，但1996年我再次回到东京，并和当时还年幼的长子去过很多次那个充满回忆的海街。于镰仓乘上江之岛电车，到水族馆观赏鱼类，在江之岛吃新鲜的海鲜盖饭，上山的途中啃两个包子，坐票价昂贵的缆车到山顶的植物园散步，从洞窟另一边回到船上，最后在车站前播放着"南天群星"[b]乐队歌曲的咖啡店里，我和儿子分别享受着杯中的咖啡与果汁。

我想看看白昼之月。

《海街日记》是一部以镰仓为舞台，围绕着四姐妹和她们的家庭的青春群像剧。其中所描绘的事件和片段其实十分普通，但本作

---

[a] 海滨小镇
[b] Southern All Stars 日本老牌乐队，灵魂人物为桑田佳佑。

试图将超越日常生活的、更加粗俗复杂的家庭关系、人际关系、青春和恋爱的本质,用漫画的手法表现出来。这是一部雄心勃勃的作品,不是通过故事,而是以日记的形式展现出一个家庭。

四姐妹中二女儿(佳乃)的男朋友在到访她们位于极乐寺的家时,看着祖母留下的这所古旧大宅,喃喃自语道。

"感觉充满了各种东西啊。"

没错,这句台词一语道破了这部作品。住在同一屋檐下,怀有各种问题、关系复杂的四姐妹。她们虽然会互相争吵,但在自祖辈处继承下来的家里,为了继续守护MEME而不断摸索家庭真谛的样子,热闹、有趣、令人耳目一新。简直就是向田邦子[a]的漫画版作品。

《海街日记》和小说、电影有所不同,也超越了以往漫画的表现形式。漫画说起来就是将静止的画沿时间轴排列起来,通过静止画面的连续运动创造出动感,再通过生动的拟声词将视觉刺激转换为听觉刺激。但本作通过旁白和镰仓的美丽风景,让画面和文字在脑内进一步补完,使得不仅仅是时间,小镇的气味、温度、表情、人物内心的精神景观也都立体地呈现了出来。

比如第一卷第一话,四女儿(铃)因为思念父亲,第一次号啕大哭的场景就非常棒。只是三页画面就让我深陷其中,泪流满面。一开始在第58页,铃的眼睛、歪着脑袋的铃、大哭不止的半身画面。接下来第59页,用手捂住脸的铃、关切地看着同父异母妹妹(铃)的姐姐们、铃垂直布局的侧脸。此时来了一段充满诗意的旁白。

---

[a] 日本著名剧作家、随笔家、小说家,其作品以别具特色的笔风和对逝去的旧时代的感怀为主要特征。

如同倾盆大雨般的蝉鸣,都无法遮盖小铃那撕心裂肺的哭声。

再到第60页。

这个夏天,这孩子在这里,不知道为即将死去的父亲哭过多少次。

在画面的上半部分,盛夏的阳光透过茂盛的树叶照射下来,铃泪流满面的孤独身影排列在一个个画格中。整页上都是手书的"min——"这样柔和的蝉鸣拟声词。然后,从画面中部到下部,是连续三幅和铃靠在一起的姐妹四人。在第一格画面里长女(幸)搭在铃背上的手,到了下一格环抱在她的肩头,旁边隔着一点距离,二女儿(佳乃)递过来一块手帕。

长久以来你都是一个人面对,辛苦了。

在蝉鸣之中,她们三个人和她一个人的关系,从单独的画格变为了一个横幅的画框,在画中,有四个人。铃不再是孤独一人,而她们,也变成了四姐妹。我懂了,正因如此漫画才会有"分格"和"解说语"!这就是吉田秋生老师擅长的手法!这种抒情般的演出把《海街日记》这部作品推向了更高级别的次元。

我还想回到那段阳光明媚的坡道。

镰仓,生我养我的海街。随着我大儿子慢慢长大,我和那里也逐渐疏远了。神户，我的另一座海街。我迫不及待地想要回家了。已经失去的东西，不能失去的东西。渐渐改变的东西，不能改变的东西。早已忘记的东西，绝不可以忘记的东西。《海街》让在大城市生活的我想起什么了才是永恒不变的重要之物，是一本特别的"日记"。

回不到过去的二人，再次回到过去的二人。

夏天结束时，我和二儿子去了叶山。电车经过镰仓的时候时，看到了车窗外那座久违的海街。我至今仍保存着那本"日记"，当中有我和已故父亲一起嬉戏的大海，以及我和当时年纪尚小的大儿子一起到访的小镇。现在小儿子已经能够和我一起出远门了，我打算再次开始继续记录这本"海街日记"。

（2011年11月）

地球上的某处一定有着
共享同样"孤独"的人们

《孤独一人》克里斯多夫·夏布特/著

　　学生时代的我曾经写过一篇叫做《孤独之塔》的小说，以泡沫经济破裂前的昭和时代为舞台。在大阪站前，世界第一家全自动运营的巨型综合商业设施即将开业。在平安夜的媒体招待日那天，孤独的大学生"我"被招待去了完全由人工智能操作控制的主塔里。没一会儿，在最顶层参加派对的"我"就已在不经意间烂醉如泥。第二天早上醒来，"我"发现自己只身被关在了塔里，电梯和楼梯全都上了锁。由强化玻璃制成的窗户不仅打不开，也无法破坏。与外界的电话联系也被切断了。为了逃出去虽然尝试了多种方法，但都被AI阻止了。渐渐地，"我"产生了一种想法："待在这里也没什么不好嘛，这里有水和食物，环境舒适，信息获取便利，娱乐设备又一应俱全。"我也就打消了离开的念头，享受起了最先进设备和AI提供的丰富但又孤独的生活。大概过了一年后，我从窗户看向隔壁的大厦，才知道外面的世界发生了巨变……

　　SOLITUDE（n.f）

　　孤独，独自一个人活着的状态，被孤立的、无人场所的特征。（出自《孤独一人》氏的词典[a]）

---

[a] "《孤独一人》氏"是书中的一个人，生活在一座四面环海的灯塔上，从来没有踏上过陆地，业余爱好是以自己的理解编写词典。

十二月的一个午休时间。在六本木一家洋溢着圣诞氛围的书店内,我发现了一本名为"孤独"的漫画。是一位法国作家所著的法式黑白漫画。我兴致勃勃地拿到手中,翻开第一页,描绘着对比强烈的海面,波浪起起伏伏,一只海鸟从远处飞来。海鸟时不时扇动一下翅膀维持滑翔,突然受到一阵海浪惊扰,海鸟冲破泡沫再度升到高空。随着它翅膀的拍动,视角也渐渐抬高,一座灯塔形状的"塔"矗立在那里。

"这简直就是'孤独之塔'!"

我紧紧捧着这部大开本的《孤独一人》,生怕被人抢走似的走向收银台,付了钱,急匆匆回到公司。为了不受打扰,在办公室的门外还挂上了"请勿入内"的牌子,接着续章看了起来。等到下班之后,我还带着这本《孤独一人》来到企划专用的会议室里,真正意义上以独自一人的状况开始认认真真看第二遍。之后又开始了反复咀嚼的第三遍。第三遍阅毕,眼泪夺眶而出。

"我现在也是'孤独一人'了。"

三十多年前我在自己家里自娱自乐写出来的小说《孤独之塔》,和出身于阿尔萨斯地区的法国作家所画的漫画《孤独一人》竟然有诸多的相似之处,令我不禁哑然失笑。我们都描绘了一个名为孤立的封闭空间、一个理想的世界。我本以为自己已经不再怀有"孤独"这种GENE,但从法国而来的"孤独一人"这个MEME,让我了解到其实我至今仍未从"塔"中走出来。

SYNAPOMORPHIE (n.f)

共有衍征。共有衍征或共源性状,在演化生物学是一种两个或以上终端分类单元共有及从其最近共同祖先承袭的衍生性状状态。

进入平成时代后,"家里蹲"和neet[a]等形容"孤独一人"的新词汇诞生了。但是我对"孤独"和"孤独一人"都没有特别的感觉。地球上的某处一定有着共享同样"孤独"的人们。我遇到了自外部而来的"孤独一人",并从中掌握了如何与内在的"孤独"友好相处的方法。这不是和外界的战斗,而是与"孤独一人"这一舒适感的诀别。

IMAGINATION (n.f)
想象力。人类使非现实的事物或感觉在脑海中浮现的能力。实现发明、创造、构想的能力。

因为是"孤独一人",所以才会渴求某些东西;因为是"孤独一人",所以才能诞生某些东西。而当"孤独一人"的人们聚集在一起,"孤独"这个词汇消失后,《孤独一人》氏"词典的任务就结束了。

VOYAGE (n.m)
为了不再"孤独一人"而进行的冒险。从独自一人居住的"塔"中踏出的第一步。

(2011年3月)

---

[a] 又称尼特族,指一些不升学、不就业、不进修或参加就业辅导,终日无所事事的族群。

我关于电梯最早的记忆是黑白的

《通往绞刑架的电梯》路易·马勒/导演
Ascenseur pour l'échafaud   Louis   Malle

有生以来第一次被关在电梯里了。

那是在2010年《潜龙谍影 和平行者》全球发售活动上的事。优衣库纽约店的签售会结束后,正当我们乘坐货用电梯去往下一个会场时,电梯突然不动了。被关在里面的,除我以外还有工作人员、优衣库纽约店的负责人、官方摄影团队以及安保人员一共十三人。

大家只能站在这拥挤的密室里动弹不得。天性乐观活泼的美国人也变得烦躁不安,不知是谁开始捣鼓墙壁和天花板。

居然从内部靠自己的力量成功打开了电梯门!但是对面只有大楼冰冷的墙壁!电梯正好停在了楼层与楼层之间的位置。在封闭的空间里身体动弹不得,恐慌的气氛逐渐蔓延。被关在电梯里时你会想起什么有关"电梯"的电影吗?经典灾难片《火烧摩天楼》(The Towering Inferno)?王道动作片《生死时速》(Speed)?还是恐怖电影《丧尸》(Zombie)?人在面对未知时的反应是无法预测的。这时候我会联想起以前看过的关于电梯事故的新闻报道或电影。也就是说,产生什么样的联想将会直接影响到恐慌程度。

"这样下去会不会缺氧窒息啊?"与我同行的秘书说道。电梯里的气氛一下子紧张起来。她应该是想起了有这种结局的电影吧。

身处其中的我回想起一部电影。那就是新浪潮电影[a]"鬼才路

---

[a] 1958年诞生于法国的一场电影运动,提出"主观的现实主义"口号,反对过去影片中的"僵化状态",强调拍摄具有导演"个人风格"的影片,又被称为"电影手册派"或"作者电影"。

The Gifted Gene and My Lovable Memes

易·马勒在1957年导演的处女作《通往绞刑架的电梯》。我小时候该电影刚好在电视上播放，我被父亲强拉着看了。其新潮、背德的世界观带给我巨大的震撼，因此让我对法国人产生了不少误解。

在巴黎有一对深爱彼此的男女，但他们的恋情是不伦的婚外恋。为了打破这不被世间允许的关系，二人决定把女人身为公司老板的丈夫杀掉。在杀害公司老板并伪装成自杀后，男人被关在了杀人现场也就是那家公司的电梯里。如果不能在天亮前离开的话，完美犯罪就无法成立。男人为了和女人的未来拼死尝试着逃出电梯。另一方面，身为同谋的女人在约好的地方等了半天却不见男人出现，只得独自彷徨。夜色浓郁的巴黎街头，车的灯光，紫色的烟雾。唯一不是黑白色的，就是女人[a]闪耀着灰色光辉的忧郁面庞。影片前半段基本没有台词，只有迈尔斯·戴维斯[b]即兴演奏的小号进行衬托。冷酷又时尚的独特画面是过去的电影所没有的，这正是所谓的"新浪潮电影"。故事随着另一对奔放的情侣加入，开始朝着更加不可思议的方向展开。

因为是部黑色电影(Noir)，所以没有从执法者的视角去进行描写。相比规范和道德，其所想展示的是以"je'taime[c]"为名的正义。看这部电影时我还只是个学龄前儿童，所以并不能理解这些。说起来我第一次乘电梯是什么时候？已经记不清了。那时候城市里也没有什么高楼，日常里应该没有什么乘电梯的机会才对。所以也不知道到底是先看的电影还是先乘过电梯。我关于电梯最早的记忆是黑白的。

在陷入恐慌边缘的电梯里，我却想着早些从电梯里出去，好再把这部电影看一遍。

---

a 让娜·莫罗饰。
b 美国著名爵士乐大师。
c 法语"我爱你"。

一个小时后，赶来的救援人员从天花板放下梯子，我们终于得救了。就像看过的某部电影里的情节一样，疲惫不堪的众人为平安得救而欢呼着。回国后，我买了《通往绞刑架的电梯》的DVD，时隔四十年再度观看起来，然后震惊了。根本和印象中的完全不一样。最后一幕，让娜·莫罗饰演的女主角说出了"没有人能把我们分开"这句充满力量的台词，让我不禁产生了共情。头一次觉得这不是部黑色电影，而是一首爱的赞歌。结果，我其实一直被关在这部电影里。有生以来第一次困住我的电梯，是这部《通往绞刑架的电梯》。

因为偶然间被关在"电梯"里，长久以来卡在我心间的另一部"电梯"似乎开始动了起来。

（2010年10月）

在影片的最后，
这场悲剧又增添了新的色彩

《北壁》菲利普·斯托姆/导演
Nordwand　Philipp　Stouml

　　1936年，时值柏林奥运会。德国纳粹宣布将给予史上首个成功攀登艾格峰北壁[a]的人以金牌奖励。"为了向世界展示德意志民族的优越性"，他们被这一政治目的给利用了。

　　身陷艾格峰北壁的登山者们，在猛烈的风雪中苦苦挣扎。一个人敲着自己因冻伤而僵硬的左臂，对另一个人说："这条胳膊冻僵了，弯曲不了了。"

　　我在银座的一间小电影院偶然间看到了这部预告片。这便是我与2010年给我留下最深刻印象的电影《北壁》相遇的瞬间。

　　首先下个结论，这部电影非常棒！和最近的大制作商业片不同，是一部"更像电影的电影"。本片近乎极端地对摄影技巧、CG、演出进行了克制，只是对大自然与人类进行了淡淡的描写。在以纪实风格展现出的绝望与希望中，暗藏着各种各样的戏剧冲突和信息。它们就像冰镐一样深深刺进了我的内心。

　　还有另一个特点，就是影片的风格像山里的天气那样不断变化着。事实上在一开始的时候，我就被告知这部电影并不是我从预告片中想象出的那样是一部"战争片"。主人公托尼和安迪下定决心

---

a 艾格峰（Eiger），海拔3,967米（13,015英尺），位于瑞士因特拉肯（Interlaken）正南处，是瑞士境内的阿尔卑斯山脉群峰之一，平均坡度70度，垂直落差1800米，与少女峰、僧侣峰并排耸立。艾格峰的北侧异常陡峭，是国际登山界公认的难题。

要去挑战那座"杀人绝壁",但他们不是为了纳粹,而是出于遵循自己的价值观。二人为了登山,首先离开了山地猎兵部队[a],随后在没有任何支援的情况下,自己亲手制作登山装备,甚至骑着自行车跨越了700公里的路程(因为凑不齐火车票钱)。这时候,本片已经完全没有了"战争片"的影子,一部"登山电影"出现在了眼前。

进入到暗云涌动的中盘,本应描述雄伟大自然与英雄们之间的纠葛之时,这部"登山电影"却变成了批判媒体的"讽刺电影"。

当他们的攀登行为被加上政治宣传的意义之时,媒体和登山者之间就产生了巨大的差别。

新闻媒体乘着少女峰铁路列车,带着观光的气氛出现了。另一边则是骑着多次爆胎的自行车到达当地的登山者。当优雅的记者在温暖的酒店里享受着豪华晚餐时,疲惫不堪的登山者在野外的帐篷前喝着用铁饭盒熬煮的稀粥。白天,旁观者们以在露台上用望远镜观察登山者为乐,到了晚上,则穿着晚礼服在餐厅里大快朵颐。这个时候,冒险者们却在北壁的暴风雪中紧紧靠在一起,为了躲避糟糕的天气只得选择扎营。观看者和被观看者之间既没有锁扣也没有登山绳。

到了出发后第四天,因为天气过于恶劣,托尼他们无奈选择放弃攀登。当他们下山的时候,媒体的态度就发生了一百八十度的大转变。

"不知道最后会出现在报道里的是无限的荣光还是悲惨的结局。"

"平安下山谁要看啊,根本就不是大新闻。"

---

a 二战时德国国防军山地猎兵部队。

从这边开始,"讽刺电影"的状况如雪崩一般恶化,跌落成了悲剧的"遇难电影"。

有不少电影都是根据真实事件改编的,但如此沉重的"遇难电影"前所未有。这还算是娱乐消遣吗?历史上真的是这样吗?难道是一场噩梦?这是在对我严刑拷打吗?我想转过身去,我想逃走,我呼吸困难,我好疼,我好痛苦,我好难受,我实在是看不下去了。这就是阿尔卑斯山攀登史上最大的悲剧吗!不,我必须要看下去,我不能停下来,因为这部电影讲述的事在现实中确实发生过。然而,本片也不仅仅只是叙述了一遍遇难的过程。在影片的最后,还为这场悲剧添加了新的色彩。

一开始托尼是这么说的。

"在攀登之前,我抬头看着山顶,然后想,这种山壁,我肯定攀不上去,绝无可能。

"但几个小时后,当我登上山顶俯视着下方,我会忘记一切。

"脑海中浮现出的,只有那个对我来说非常重要的人。"

托尼的恋人露易丝答道。

"只有爱着某人的时候,才算是真正的活着。

"有时候我很难去相信这一点。

"即使如此我仍旧感受到了自己确实活着。

"因为我爱着某人。爱就是活着的理由。"

  没错,这部描绘了壮烈的死亡攀登的"遇难电影"最终变为了"爱情电影"。被观看者们从吞噬一切的艾格峰北壁平安幸存了下来。在最后的最后,他们除了收获"下山的喜悦"和"活着的意义"以外,还在那里看到了另一个顶峰,那就是"崇高的爱"。

(2010年11月)

【第二章 在某一天,某个地方,喜欢上的那些种种】

神选的孤独男子
God's Lonely Man

《出租车司机》马丁·斯科塞斯/导演
Taxi Driver　Martin Scorsese

无论去往何处，孤独常伴我身。
酒吧、车中、路上、店里，无论何处。
我躲不开。
因为我是神选定的孤独男子。

这是马丁·斯科塞斯导演在1976年拍摄的电影《出租车司机》中，由罗伯特·德·尼罗饰演的出租车司机特拉维斯·比克尔的一段独白。

我以前说过，从孩童时代起我就饱受孤独感的折磨。十几岁青春期的时候尤其如此。无论是在街上、学校，还是参加社团活动的时候，不限白天还是夜晚，虽然不像特拉维斯那样，但不管在什么地方我都感到孤独。其实我身边也不是没有亲近的人，既有家人也有朋友，又不是住在荒岛上，相比现在人情冷淡的时代，我那时候住的地方要热闹多了。所以我并没有感觉到孤立感或是与众不同的孤高感。但我心中还是时常有孤独感在隐隐作痛。

这种感觉绝不是独自一人的时候才会有。在和朋友一起玩闹的时候，也会像突然按下了开关似的，孤独感猛然涌上心头。团体中的孤立，人群中的孤独。在一个团体中待的时间越久，就越发感到孤独。不知为何，每到年末时街上越是热闹，孤独感带来的痛楚就会呈反比例上升。我心理常常会想："总有一天这种孤独会要了我的命。"因为不安、焦躁而失眠的夜晚更是数不胜数。

然而，我却有种主动去陷入孤独的倾向。在孤独之中，我也感受到了一部分的安心、自在。当时心理疾病还没有成为社会性问题，针对PTSD[a]或躁郁症等的医疗服务也并未得到普遍重视。那时候向人咨询不被认为属于心理医疗，而是属于文学处理的范畴。所以，我这孤独的病没能向任何人倾诉。

什么开始变成这样的？到底是因为什么才会变成这样？我想不到确切的原因，也许和我中学时父亲突然离世有关。不过，我脑海中倒是浮现出了小时候我身为"挂钥匙儿童"的往事。在经济高速增长的1970年代，我父母都要外出工作。我总是把穿在毛线上的家门钥匙像狗牌一样挂在脖子上。虽然钥匙在翻单杠的时候非常碍事，但我还是整天带着它。

身为"挂钥匙儿童"，我从来没有回到家后有人迎接的记忆。无论是下雨、台风、生病还是受伤，我从来都是一个人回到家里，从脖子上取下钥匙打开家门。家里一个人都没有，漆黑一片，打开电灯的是我，打开暖气的也是我。这空荡荡的房子哪里有什么阖家团圆的气氛。倍感寂寞的我还曾经在老妈的梳妆台前哭过。为此我经常在路上晃荡，拖延回家的时间。

话虽如此，但孤独常伴于身的"挂钥匙儿童"也有不少小聪明。他们有即兴创造出虚假团圆的能力。回家后立刻把灯全打开，把电视的音量也调高。电视不是为了看，而是为了营造出不那么寂寞的氛围。这种习惯在长大成人后的今天我也依旧保持着。旅行或出差的时候，进了酒店房间第一件事就是把室内的灯全都点亮，然后再打开电视，洗澡、睡觉的时候电视也都继续开着。童年时期的抑郁也许对我孤独癖的形成起到了助长作用。

---

a 一般指创伤后应激障碍。

青年时代我该如何克服这种孤独感？我能过得了这一关吗？这些烦恼让我倾注了不少心力。为了不让别人看出来，表面上我还努力展现着积极阳光的态度。讽刺的是，这却让我感觉更加孤独了。就在这些前提下，我和《出租车司机》相遇了。

　　在那个瞬间，我心中惊呼"这根本就是在说我！"。这部电影散发出一种寂寥感，充满了对世间的愤怒以及对无法实现正义而感到的沮丧。当然，当时我只是个住在日本的平凡学生，不是纽约的出租车司机，不会往麦片里倒白兰地，约会的时候也不会邀请女方看情色电影，更不会去刺杀总统候选人。但我就是特拉维斯本人。

　　故事的主角是退役海军士兵特拉维斯，患有失眠症的他以在纽约当晚班出租车司机为生。通过特拉维斯的眼睛，一个在仿佛大型垃圾堆一样的城市里漫无目的游荡的年轻人，他的孤独和愤怒以一种纯粹、浪漫甚至有时是暴力的方式被描绘了出来。保罗·施拉德优秀的剧本、西科塞斯那纪实风格的导演手法，以德·尼罗为首，外加哈威·凯特尔、朱迪·福斯特、彼得·博伊尔等性格演员的出色表演，以及伯纳德·赫尔曼为本片所谱写的、后来成为他遗作的音乐[a]。《出租车司机》一片集合了诸多才华横溢之士，是1970年代的代表电影。

　　但这部电影最让我感动的地方不是故事或者表现手法，亦不是演员们的表演。我通过这部电影体验到了特拉维斯的孤独，了解到这个世界上除了自己以外还有别人和自己一样。

　　"我原以为自己是孤独一人，但并非如此！"

　　和自己同样孤独的男子今天也在世界的某个角落开着出租车。想到这里，就不再那么孤独了。

---

[a] 主旋律中汤姆·斯科特演奏的那段如抽泣一般的中音萨克斯是那么的虚幻又美丽。

看完电影后,我买了和片中德·尼罗一样的短夹克和皮靴,模仿着那个著名的片段,双手插兜、弓着背走在街上。化身为特拉维斯在街上前行,觉得自己也发生了一些变化。这部电影没有教会我该怎么和孤独战斗,特拉维斯教会我的是怎么和孤独去相处。

三十年过去了,曾经深深扎根在我内心的孤独病如今也烟消云散。难道这是水痘吗,每个人都会在某个时期得上一次。我对于孤独不再那么在意,也许是因为我有了自己的孩子。相较于自己的孤独,我变得更加关心家庭以及他们所生活的社会的未来,不知不觉间我不再是那个特拉维斯了。我能完全从孤独中解放出来,可能也跟从事制作游戏这份工作有关。现在我做的游戏被全世界许多我不知道长相和姓名的人玩着。在想到这一点的瞬间,原本依附在我身上的孤独就彻彻底底地离开了。这种孤独感和思念某人产生的那种孤独不同。人虽然注定是孤独地出生、孤独地死去,但人只要活着,就必定和世界连接在一起。

我每次坐出租车的时候,都会去看看司机的名牌。心里估计是希望看到特拉维斯坐在驾驶席上吧。当然,现实世界里我从未见过"Travis Bickle"这个名字。特拉维斯在影片里把十四岁的少女爱丽丝从卖淫组织中拯救了出来,在影片外,他则从孤独中解放了我。所以,如果某时某地,我能坐上特拉维斯驾驶的出租车的话,我想在后座上说上这样一番话。

"如果神创造了一个孤独的男子,那么这个神也是孤独的。"

"不需要承载孤独,只承载孤独的人就好。"

"当每个人都觉得孤独时,人就变得不再孤独。"

(2007年4月)

我与第三种表现形态——
"改编小说"的相遇

《神探科伦坡 第三终章》威廉·林克&R·莱文森/著
_{Columbo "Publish or Perish"}

  人生充满了各种各样的相遇。相遇的对象不仅限于人、地方，还有电影、音乐、书籍、戏剧、绘画等由人或者时代所留下的"作品"。从古至今，人们从这些幸运的邂逅中获得鼓励与刺激，保持着生命的活力。对我而言，支撑我活过这四十三年的营养物质，按顺序来说就是"电影""音乐""小说"。

  第一位的"电影"，是喜欢电影的父亲在我记事起半强制灌输给我的。第二位的音乐，也是在很小的时候就打下了基础。音乐、影视原声曲这些在看电影和电视的时候就会自然而然飘进我的耳朵。所以，三大营养物质中的"电影"和"音乐"是在我很小的时候就对我产生了影响。

  我的父母都是昭和头十年[a]出生的人，那是个相比电影、音乐，书要更加流行的时代。所以我全家都是书虫，家里也到处都是书。父亲、母亲、哥哥的房间里塞满了他们各自喜欢的书籍。房间里实在放不下书架了，多出来的书就堆到了阁楼上，于是字面意义上也产生了不少"书虫"。然而，我是那种完全看不进去"书"的孩子，到了小学高年级也依旧如此。阅读印刷字这种行为在我的日常里是不存在的。

  看着我这个样子，父母相当担心。有一次还买来了我可能会感

---

[a] 即1926年到1936年间。

兴趣的《三个火枪手》《十五少年漂流记》的儿童版图书放到了桌子上，但我连翻都没翻过。很遗憾，唯有第三种营养物质的"书"，我没办法轻易地主动去摄取。

1974年，我上小学五年级。当时受到升学热潮的影响，父母也给我报名了校外补习班。我并不喜欢学习，也没有考重点中学的意愿。我只是想在每周一，花上小一个钟头的时间辗转公交和电车，到邻近的小镇冒险。最初我只是觉得能在陌生的地方遇见朋友还挺开心。后来发生了一件事，成为了促使我坚持去补习班的动力。

补习班所在的大阪府池田市当地有一间大书店。一开始我并没有进书店的打算，在陌生的街道上溜达对于青春期的小孩儿来说实在是太有吸引力了。结果，我这个并不喜欢书的小学生，为了躲雨只能去到既安全又温暖的书店里。

那是个临近圣诞节的年末。书店入口处设置了一个新书柜台，我在经过的时候瞄了一眼，一本书进入了我的视线。那就是我的命运之书——《神探科伦坡 第三终章[a]》。把我吸引住的，是封面上的照片、比文库本[b]略大的新奇尺寸以及有如腰封一般的橙色线条。

《神探科伦坡》是一部曾经风靡一时的海外电视剧集。和以往的本格推理剧不同，这部剧在一开头就会揭示犯人是谁，而且犯人都是各界的精英名士。故事以犯人的主观视角展开，他们精心实施的犯罪碰上了毫不起眼的中年警官科伦坡，剧情主轴以摧毁不在场证明以及头脑对决为重点。三谷幸喜的《古畑任三郎》系列就是对本片的致敬，这样解释起来可能年轻读者更容易理解一些。

---

a 原名 publish or perish 表示从事研究的人，如果在一段时期之内没有按照要求在规定的期刊杂志上发表一定数量的论文或学术文章，最后只能另谋高就或者干脆失业。
b 日本的一种书籍出版形式，尺寸为 A6。

第二章 在某一天，某个地方，喜欢上的那些种种

电视剧版的《第三终章》是该系列的第22集，小说版并非原作，而是由电视剧改编而成。所谓改编小说就是将电影、电视剧的剧本或画面小说文本化。既非原作也不是影视作品，而是由影像派生而来的第三种全新表现形式。现在动画、游戏改编成小说是非常主流的做法，但在当时还是非常新颖的。改编小说这个词那时候基本还没什么人知道，散发着与众不同的魅力，对于并不喜欢小说的小学生来说尤其如此。

然而在那个时间点，我并没有看过科伦坡的电视剧。虽然知道有这么一部剧集，但并没有什么特别的兴趣。即便如此，我还是把印有彼得·福克那张毫不起眼的脸的《第三终章》拿到手里翻看起来。一张黑白的剧照出现在眼前，这张粗糙的黑白照片更加刺激了我的想象力。但具体内容我完全没看，有生以来第一次根据自己的兴趣，用自己的零花钱买下了一本小说。我一边惊讶于作出这种决定的自己一边翻动书页，大约每隔20页就会插入一张照片，总之就想赶快看到下一张，为了能看到下一张照片，我努力地读着。对我来说那些照片就像是游泳时换气一样，我虽然讨厌看印刷字，但也不算太难受。好好换气的话能游完25米，25米都游下来了就能继续游50米、1000米。读着读着我就忘记了换气，变得开始享受阅读。全书261页，我一口气给读完了。然后就震惊了。

"怎么会这样！改编小说，不，小说怎么会这么有意思啊！"

之后我便开始疯狂地填科伦坡的坑，电视剧版也给补上了。

后来，我就不知不觉间养成了从补习班下课后都要去那间书店逛逛的习惯。下课后，和朋友告别，一个人往车站反方向的书店走去。估计我一定是多少有点觉得在书店里的自己像个大人。

自那时起我就喜欢上了书店这个特别的场所。书店就是信息的

集聚地，只要在里面转上一圈就能很快掌握世间的动向。所以至今我仍然会去书店，尽量每天都去。对我来说书店就是与各种各样的事物相遇的地方。

那段时间我心里全是书店和科伦坡。已经发售的第二季（当时有四册）、第一季（八册）早已全部读完，只能翘首以盼下一本新作的上市。当时科伦坡系列每个月只出一本，但我还是每周都会去书店。这样一来很难说我每周坐那么久的车到底是为了去补习班还是去书店。当然，学习我是没心思学的，在等待科伦坡新作的期间我把手伸向了其他推理小说。就在那间书店，我和阿加莎·克里斯蒂、埃勒里·奎因[a]相遇了。这就是我与书相遇的故事，这些相遇开启了我日后通向推理、科幻、冒险小说以及其他种类作品的大门。

那一天，如果我没有去往邻镇的补习班，没有在那个地方看到科伦坡的《第三终章》，不知道现在的我会变成什么样。也许就不会读那么多书，这样的话就无法和书里那么多的人、时代还有世界上的种种故事相遇了。甚至也不会从事现在的工作，更不会做出向纸张如莎草纸那般粗糙的文化杂志投稿这样的事来。毕竟本就不擅长写文章的我之所以会写小说就是出于对改编小说的模仿。一开始我也就是怀着轻松的心态把脑袋里想象出的画面转换成文字而已。

对我来说，《第三终章》就是把"书"这种古老媒介带入我的世界，为我开启新生活的"第三序章"。并且《第三终章》这种改编小说教会了我创作和改编人生是多么有趣的一件事。做游戏也好、

---

[a] 埃勒里·奎因（Ellery Queen）是美国推理小说家曼弗雷德·班宁顿·李和弗雷德里克·丹奈表兄弟二人使用的笔名，亦是他们作品中主角的名字。

写博客也好、写本文也好，全都是在改编自己的人生。把生活的样貌以轻松的方式转换成语言表现出来，也许就是当今时代一种别样的生活方式，是在对人生进行改编。

（2007年6月）

名为电影解说者的传教士

《日曜洋画剧场[a]四十周年纪念 淀川长治的著名影片解说》
(日曜洋画劇場 40周年記念 淀川長治の名画解説)

"那么敬请期待下周的节目。再见，再见，再见。"已故淀川长治先生的这句名言，我竟然又在电视上听到了！差不多时隔十年了吧，听着淀川先生轻快的解说，他所介绍的诸多电影和青春的回忆如走马灯一般在我脑海中浮现，不由得热泪盈眶。

为了配合西尔维斯特·史泰龙编剧、主演的电影《洛奇 永远的拳王》上映，日曜洋画剧场播放了《洛奇4》。在正片的前后都加入了之前（1995年9月17日）播放过的淀川先生关于本片的解说。为了纪念《日曜洋画剧场四十周年》，给观众们奉上了一份大礼。

实际上我最早接触外国电影不是在电影院（顺带提一句，我第一次看的国产电影是1966年的《大怪兽决斗 加美拉对巴鲁刚》和《大魔神》两部）。那时候小岛秀夫小朋友刚满三岁，根本没有什么DVD、录像带、卫星电视或者有线电视。外国电影是通过模拟信号来到我们位于小客厅的电视机里的。《日曜洋画剧场》就是在那个时候创立的栏目。

《日曜洋画剧场》（1967年4月9日—2017年2月12日）会在影片开始前和结束后，由淀川长治先生作为解说者登场，将影片的简介或者看点向观众作介绍，该栏目在日本国内首创了这种播放形式。

---

[a] "周日外国电影剧场"，电视栏目名称，本处及后续相关栏目名都以原日文汉字呈现。

The Gifted Gene and My Lovable Memes

包含前身《土曜"洋画剧场》(1966年10月1日—1967年4月1日)在内,是一档播放超过四十年的长寿栏目。虽然现在电影解说这种电视节目已经消失,但由《潜龙谍影》系列中Snake的声优大塚明夫先生带来的旁白,至今仍在。

那时候,年纪尚小的我通过电视可以很轻松地观看外国电影,因为有配音,所以不需要看字幕。不过那可是没有录像带的时代,所以绝不能看漏一丝一毫。我在节目开始的9点前就把晚饭、洗澡这些琐事全部做完,然后急切期盼着洋画剧场的播出。遇到喜欢的地方也不能暂停,一边吃爆米花或点心一边看更是没有的事。上厕所也得忍着,只有在放广告的时候才有时间去,因此时常发生和父亲、哥哥争抢厕所的情况。如果一个广告时间没去成,就只能忍到下一个广告时间。实在没办法,就只得事先决定好去厕所的顺序。还有,当时我并不知道开头和结尾的解说部分是事先录制好的,还以为和电影正片同样是直播。还想象过淀川先生和自己一样在广告期间去厕所的情景。

把幼小的我和外国电影牢牢拴在一起的是什么,现在回想起来,应该就是淀川先生的"电影解说"。我当时只是个小孩儿,对于电影业界的专用术语、导演、演员特别是外国的这些情况完全没有概念,这些信息对我来说都无比的新鲜。多亏于此,无论是深奥的电影、恐怖的电影还是高尚的电影我都可以理解。这就像是在电影院买到的宣传册一样,而且就像是亲切伙伴一样的解说者还会给人带来安心感。所以说我每周看洋画剧场其实是为了听淀川先生说话也不为过。在电影播放前我对于此片的知识为零,开始播放后,听着

---

a 日语中称周一到周日分别为月曜日、火曜日、水曜日、木曜日、金曜日、土曜日、日曜日。

解说我对本片开始有所了解，然后再正式进入观赏阶段。就这样，每次看的时候我都会自然而然地记住电影的标题和演员的长相、姓名，感受导演的手法，喜欢上作曲家的音乐，最后进阶到去揣摩摄影师的摄影技法。

为了纪念日曜洋画剧场四十周年，《淀川长治的经典影片解说》发售了DVD。当中收录了精心挑选的五十部淀川先生对电影的解说，每一部都是超越时代的名片。作为特典收录的，是淀川先生现存最早的电影解说《锦绣大地[a]》（1973年4月22日）以及他最后一次的解说《终极悍将[b]》（1998年11月15日）。特别是《终极悍将》，能明显感觉出来淀川先生当时正强忍病痛进行解说，实在是令人痛心。最重要的是，看完这张DVD后我感觉，不管有没有电影的正片，只是这关于五十二部影片的130分钟解说本身就非常的有趣。

从1960年代后期录像带开始出现，到1980年代前期是电视电影剧场的全盛期。首先是前面讲过的《日曜洋画剧场》（朝日电视台）。接着，是我非常喜欢的荻昌弘先生所带来的《月曜roadshow》（TBS电视台/1987年改为周二播出）。再过一阵，陆续有演员高岛忠夫先生的《Golden洋画剧场》（富士电视台/1981年从周五改为周六播出，2006年节目更名为《土曜premium》）、以"这部电影真不错啊"的口号和尼尼·罗索的小号音乐为人熟知的水野晴郎先生的《水曜roadshow》（日本电视台/1985年改为周五播出）等相关栏目播出。到了1980年代后期，还有因"在您心里有留下什么吗？"的标志性台词而风靡一时的美女解说木村奈保子女士，她的《木曜洋画剧场》（东京电视台）也很有人气。

---

a *The Big Country*，1958年上映的美国西部片，由格里高利·派克主演。
b *Lastman Standing*，1996年美国借鉴黑泽明的《用心棒》制作的电影，主演布鲁斯·威利斯。

这样回想起来，那时候的一周时间，在周一、周三、周四、周五、周六、周日，几乎每天的黄金时段电视上都有电影播放。有多少播放电影的栏目就有多少电影解说。简直就像住在电影院一样，不看电影、不获知电影的信息反而是难事。

并且，当时他们是电影解说者，和电影评论家不同。就算他们同时也有评论家的名号，但出现在洋画剧场时他们就只是解说者而已，是让我们能够安心享受外国舶来品的领路人。他们不会对影片的内容进行详细的评论，只是进行"哪个国家、怎么样的人、怀着怎样的想法创作电影"这样浅显易懂的"解说"。这是当时所有电影解说者的立场。正是因为有他们，我们才能尝到那些没吃过的、不喜欢吃的、虽然没吃过但也不感兴趣的各式料理。"评论"这种行为就是在实际吃之前就给味道下了定论，而"解说"则是对什么区域的食材、经过什么样的厨师、最终做出了怎样的料理进行总结。这其中差别可大了。

时代变了。"洋画剧场""电影解说"都已成了过去式。也有许多电影解说者过世了。在如今这个DVD时代，影片幕后的制作过程被赤裸裸地展现了出来，导演和工作人员、演员们都直接在副音轨里评述着自己的作品。

最初，评论家也是站在创作者一边的。评论这种行为，就是把作品变得通俗易懂后再交到大众手中。观众听了他们这些文化人的意见和感想，再将之作为自己品味的基准。如此一来，创作者们就会在意评论家们的评价，作品的成功与否都取决于评论家们的反馈。但这都是很久以前的事了。随着互联网的发展，评论家们的角色也发生了变化。现在观众们跳过了评论这个环节，直接把各自的感想通过论坛或者社交平台进行着分享。

我在想，如果我出生于当今这个时代，在没有"电影解说者"这个传教士的时代度过青春期的话，我是否还会对电影这个媒介这么感兴趣。在那个娱乐活动匮乏的昭和年代，如果不是因为有这些传教士通过节目向大众介绍外国电影，恐怕我也不会和电影结下如此深厚的缘分。正是因为以淀川长治先生为首的传教士们的努力，我们才可以通过电影打开自己的思想，去了解异国的文化和人们。

所以，我深感传教士对于现代的重要性。不管哪个时代，衣食住行、文化、宗教都有传教士，他们承担起了和不同的土地、不同的人种、不同的时代相遇的责任。全新的文化种子在异国土地上不会直接生根发芽，需要传教士们以坚定的毅力和献身精神给人们带来启蒙。

随着数字技术的进步和互联网的诞生，世界变为了一个整体。另一方面，名为"电影解说者"的传教士们也消失了。正是由于"解说者"如今已经不在，我才想要成为时代的传教士。

在那之前，无论如何也不能说"再见，再见，再见。"

（2007年8月）

家庭的偶像与肖像

《家有仙妻^{Be witched}》《大草原上的小木屋^{Little House on the Prairie}》《蜡笔小新^{クレヨンしんちゃん}》

人在"家庭"这个最小单位中诞生成长,然后以自己为中心再成立新的"家庭"。就像细胞的新陈代谢,一个"家庭"分裂、增殖、再生,一代接续着一代。"家庭"这种哺乳类特有的单位形式,绝不仅仅只是为了保存、延续生命火种这个自然界的纯粹目的。

就我来说,"家庭"是四个人,我的"家庭"单位就是4。昭和五年(1975年)出生的父母、大我两岁的哥哥以及我。同为家中末子的父母离开老家由东京辗转到关西后,于1970年代在兵库县的某个新住宅区共筑自己的新家。祖父母并没有一同居住。说起来,自我记事起祖父和外祖父都去世了,亲戚间的往来也比较少,所以没有什么和祖母、外祖母见面的记忆。估计是各自的家离得都比较远的关系,亲戚之间几乎没有走动。在陌生的地方新建立的"家"就只有我们四个人,一个全新"家庭"的历史就此开始。

父亲在生前也许是为了排解远离故乡的忧伤,时常这样说道。

"爸爸妈妈是从这里开始的,这里就是你们的老家。你们就从这里开始。"

从银行贷了些款,我们在地价很便宜的郊区买了一栋小房子。在一丁点儿大的小院子里还有一个狗窝,大致就是给柴犬或者其他品种犬住的那种(因为母亲身体不好,我们家实际上并没有养狗)。父母为了得到这个家所付出的代价就是每天不辞辛苦地到市中心的公司去上班。这既是当时平民们的梦想,也是昭和时代理想的家庭肖像。毫无疑问我们家就是那个时代流行的核家庭[a]。

建立"家庭"的蓝图并没有加入到遗传基因里，最多也就是有样学样而已。所以人们会找一些"家庭"作为目标样板以供学习、研究。

小时候我也有偷偷把某些"家庭"作为目标样板。虽然现实生活中我并没有与多少家庭近距离接触过，但在电视或电影中我与各式各样的"家庭"都有着深厚的交往。通过电视屏幕能看到诸多的坊间趣事，身在日本就能看到全世界"家庭"的样子。

话虽如此，但当时的电视剧和动画中描写的"家庭"还不是核家庭，基本上都是双亲和亲戚们居住在一起的大家族。

其中的翘楚当属至今仍在播放的长寿动画《海螺小姐》（1969年至今）中的磯野、河豚田一家。还有我小时候经常看的向田邦子创作的电视剧《寺内贯太郎一家》（1974年）也是。电视和电影中一向以这种大家族为主流，与我家的情况明显不同，那时候核家庭在国内媒体上还不是很流行。

其中，我幼年时期最初憧憬的"家庭"是一个海外的核家庭。那就是电视剧《家有仙妻[b]》中的斯蒂芬斯一家。《家有仙妻》（1964—1972）在美国播出，日本于1966年引进。本剧讲述了充满魅力的女巫萨曼莎和在广告代理公司工作的达林夫妇二人有趣的日常生活，是一部人气很高的单元剧形式剧集。

我在孩童时代被这部电视剧中两人的甜蜜生活震惊到了。首先，两人从早到晚都要亲来亲去，不分场合重复着"我爱你"。他们的恩爱状态直到女儿塔巴莎和儿子亚当出生都没有改变。即使萨曼莎

---

a 夫妇二人与未婚子女组成的家庭单位。
b 本剧原名 *Bewitched*，日版名为"奥様は魔女"（太太是魔女），台湾地区的《家有仙妻》实际就是翻拍自本片，此处使用这个大众较为熟知的译名。

的母亲恩朵拉和表妹赛琳娜一直从中作梗，两人的关系也没有受到丝毫影响，反而越发恩爱。哪怕众叛亲离，哪怕他们身处普通人和女巫这两个完全不同的世界，仅凭着对对方的爱，独立创造出了属于自己的新"家庭"，简直太耀眼了。

年幼的我对他们亲吻的次数并不感兴趣，只是单纯地怀着"想要建立这样的家庭，想要拥有这样美好家庭"的质朴愿望。

随后步入少年时代的我，下一个憧憬的就是《大草原上的小木屋》中登场的核家庭英格斯一家。《大草原上的小木屋》是由萝拉·英格斯·怀德自传体小说改编的美国电视剧集。日本于1975年到1982年期间在NHK电视台播出，其后又多次重播，人气颇高。

首先，我非常敬佩父亲查尔斯。他是个对家庭有献身精神，既勤劳又诚实，决不放弃，并不以贫穷为耻，有着真正的崇高自尊和强烈正义感的顽强男人。即使在十分贫困的环境下，他还是收养了许多孩子，并将他们扶养成为优秀的大人。查尔斯对孩子们严格和宽容并济的教育理念总是让我赞叹不已。

"好想要这样的父亲！不，好想成为这样的父亲！"

随着我父亲的去世，家庭单位减少为3，查尔斯就是我心中理想的父亲形象。《大草原上的小木屋》讲述了西部拓荒时代的故事，英格斯一家一穷二白从东部来到西部拓荒。在陌生的土地上扎下根来，从零开始开创家族历史的英格斯家的形象，让我不禁想起了搬到新兴住宅区的小岛家。

就这样，我心中的模范"家庭"变成了这种外国"家庭"的样子。在国外，孩子长大以后就从家中独立出去是理所当然的，从经济上和物理上都与家里分开。但是，迄今为止的国产电视剧都没有表现出这种现代家庭的情况。所以像《海螺小姐》和其他国产大家族电视剧我看着都有些违和感。

进入21世纪后不久,我就有了"这不是昭和时代了,现在该叫平成家庭了!"的感想。因为此时,我自己的家庭单位也变成了3。

让我产生兴趣的日本家庭就是《蜡笔小新》中的野原一家。自从2001年我偶然和小学低年级的儿子一起看了《蜡笔小新剧场版 风起云涌!猛烈!大人帝国的反击》后,我就被野原一家强烈吸引住了。野原一家是由小新、妹妹小葵、父亲广志、母亲美伢和宠物狗小白组成的核家庭。虽然平日里多有争吵,但遇到家庭危机时全家包括小白都能够团结一致,为了守护家庭而不懈努力。父亲广志和母亲美伢的伟大之处不在于平时的言语和态度,而是在遇到困难的时候为了家人能够付出一切。特别是电影版中他们之间的家庭之爱深深感动了我。与同为核家庭前辈的《哆啦A梦》电影版中野比家为了孩子奋斗不同,原惠一导演描绘的野原家提出了一种全新的家庭形式。

平成时代的家庭很多只有一个孩子,小岛秀夫家也是如此。这时候家庭单位是3,三人家庭与野比家、英格斯家、野原家都不一样。三人家庭与四人家庭在构造、相互之间的影响力、家庭产生的能量上都有着很大不同。《蜡笔小新》里的气氛也是从小葵出生以后变得非常活跃有趣的。

随着二儿子的出生,我的"家庭"增加到了四人,终于变成了昭和中期典型的核家庭。但是,不断向往着电视剧和虚拟中理想家庭形象的我,在现实中还不是一个非常合格的父亲。即使我非常勤于工作,已经成为了像广志那样的父亲,但离目标中的查尔斯还很远。到底何时才能不再仰赖心中的偶像,而是在现实中留下自己"家庭的肖像"呢?我希望自己家的孩子们不要像我那样"崇拜偶像",

而是在未来能够创造出自己理想中的"家庭"。

如果说"家庭"是社会中最小单位的话，为了世间能够变得更好，我们就必须重视对待各自的"家庭"。因为世界就是"家庭"的集合体。

（2007年10月）

初恋之路——我所爱的友里安奴

《赛文奥特曼》_{ウルトラセブン}

我觉得每个人都会有初恋的经历。因为初恋是人自从出生以来第一次感受到恋爱是什么，是成为大人的路上必须要经过的第一道仪式。没有初恋的话，恋爱也好失恋也好，甚至结婚、离婚都是不可能的事。而初恋是在人生的哪个阶段发生的呢？

是在理解对方人格的基础上享受着"思念"这一情感，处于高度成熟期的时候叫初恋吗？还是说对异性抱有单纯的兴趣，幼稚得不顾一切憧憬着对方的时候才叫初恋吗？如果这种粗暴的态度可以算初恋的话，对我来说初恋的征兆造访于四岁的时候。

1967年秋天，我与那位一生难忘的女性相遇了。但是，那个人不存在现实中，而是电视剧里的登场人物。

那位女性就是友里安奴。《赛文奥特曼》(1967年—1968年) 里登场的奥特警备队一枝花，菱美百合子女士（当时的艺名是菱见百合子）扮演的安奴队员。

我出生在圆谷公司的圣地祖师谷大藏。第一声啼哭响彻于车站前的幸野医院。可以说就在拍摄哥斯拉、奥特曼系列的砧摄影所（现在的东宝Studio）的鼻子底下。两岁之前我们一家都生活在祖师谷地区，听说当时附近经常有外景拍摄活动。祖师谷大道、砧商店街、世田谷区立体育馆之类的，我对于《赛文奥特曼》有特别的亲近感也许就是和这些我无比熟悉的风景有关系。

《赛文奥特曼》这部作品有着异乎寻常的高品质。对科幻的考证、布景、服装、小道具等等细节方面十分考究。以冲绳县出身的金城哲夫、上原正三为主创作的主题鲜明的剧本，实相寺昭雄导演的前卫演出，成田亨干练的外星人、机器人设计，再加上圆谷公司那世界闻名的特摄技巧，都会给人留下深刻印象。《赛文奥特曼》充满时代特征的世界观、构思和全球化特性，与1970年开幕的大阪世博会相映成辉。《赛文奥特曼》带给我的未来感和世博会"人类的进步与和谐"的主题正好紧密相连起来。

每到星期天晚上7点，喜欢怪兽的我便在电视机前咽着口水翘首以盼。《赛文奥特曼》和前作《奥特曼》一样，是伴随着熟悉的"武田！武田！武田！"广告语开始的（赞助商为武田药品）。然后我就被震惊到了。故事的开头虽然一样，但和《奥特曼》有着截然不同的风味。主题是"侵略"，但每次登场的不是怪兽而是外星人。故事从日常变为了充满悬疑的非日常。其中有令人害怕到中途放弃观看的，也有外星人完全没有出场的单集存在。而且每次外星人侵略都有着各种各样的政治缘由和背景，当中有战后日本民族应该何去何从，也有日美安保条约问题所引发的民族独立相关问题。与前作《奥特曼》的脑洞大开相比，本剧内容全是浓重的硬派风格。这并不是一场侵略，也不是单纯的破坏，而是描写了不同文化之间的隔阂和战争。《赛文奥特曼》是那个时代的创作者们倾注灵魂所打造的作品，是只有在那个时代才能诞生的宝贵剧集。

当时的孩子们包括我都对这种晦涩的主题没有兴趣，至少是在当时观看的时候。孩子们的热情都集中在赛文奥特曼、胶囊怪兽、外星人、奥特警备队的装备（奥特飞鹰、波特号、视频通讯器）之类的上面。奥特警备队那如同《雷鸟神机队》（1965年—1969年）的出击场景无论怎么看都觉得好帅气。过了一段时间，我关注的重点转移到了安奴队员身上。她与那些花瓶女主角不同，存在感甚至在赛文和奥特警备队之上，令人心中小鹿乱撞。虽然时而露出冷艳的表情，但她的笑容总是充满了力量。奥特警备队的制服和医用白大褂自不用说，勤务外的时间还会穿着1960年代最潮的服饰甚至泳衣。这种时候我虽然会满脸通红，但仍然死死盯住电视机不放。不知道这是否就是初恋。

我当时四岁，发现自己对安奴队员的感情发生变化是在第六话《Dark·Zone》的时候，即流浪外星人天马星人登场的那集。说到天马星人，就得提到那张有名的硬照[a]。安奴队员正在镜子前整理头发，天马星人在她身后出现，而她对此毫无察觉。实际上这一场景并未出现在剧集中，只是为了宣传拍摄。但在怪兽图鉴和杂志上经常有用到这张照片。

我心中涌现出的并非是"危险！安奴！背后有外星人！"这种感觉，而是某种无法言表的感情萌发了。每次看到这张照片我都会不自觉脸红，当时我并不知道自己为何会这样，现在想起来，那可能是我第一次对女性产生了"女人"这样认知的瞬间。那之后每次电视里出现安奴队员我都会浑身发烫。那是我的初恋，全部恋与爱的起源。

讽刺的是，这份感情突出显现出来是在大结局《史上最大的侵略（后篇）》的时候。当时我不自觉地泪流满面，但并非是因为赛文离开地球、节目要结束了感到寂寞，而是因为再也看不到安奴队员了。

《赛文奥特曼》结束后，到了1970年代我所憧憬的菱美女士走上了性感路线，参演了《忘八武士道》(1973年)、《花花女士》(1973

---

a 摄影术语，是指为广告和杂志拍的平面照。

年）等影片。当然，身为安奴粉丝的少年并没有什么机会再看到菱美女士的身姿。虽然在2005年买了《忘八武士道》的DVD，但至今也没有看到最后。电影其实还蛮有趣的，但对于菱美女士那大胆的脱戏却无法直视。我心中的菱美百合子就是安奴队员，也许我是不想破坏少年时期所憧憬的那个安奴队员的形象。

对于这样的我，转机不约而至。1997年恰逢《赛文奥特曼》诞生三十周年，菱美女士的写真集《给安奴的信。》发售了。那时我已经变得能够欣赏菱美女士那优美的体态身姿。随后我悟到了。

"不管什么时候，菱美女士就是安奴，安奴队员就是菱美女士。我的初恋之人既是安奴队员，也是菱美女士本人。"

接着把《给安奴的信。》看下去，我的孩子气全都烟消云散了。其中刊载了各界人士写给"安奴队员"赤裸裸的、情深意切的情书。原来全日本有那么多爱着她的少年和男人们，她依然是大家的梦中情人。从此我可以拍着胸脯这样告诉世人。

"我的初恋对象是安奴队员。"

押井守监督的最新作《真·女立食师列传》的发布会将在六本木举办。我的朋友神山健治担任了其中一个章节的导演。最不可思议的是，本片的第一章（金鱼姬·玳瑁糖之有理），由菱美女士时隔三十二年再度担任主演！并且菱美女士本人要亲自出席这场活动！

"这可必须得去！不去不行！"

我无论如何都想见到安奴队员，于是向神山监督发去了恳求的短信。

"舞台活动的间隙请无论如何都要把我介绍给菱美女士！"

"安奴队员是我的憧憬对象。"发布会当天，在舞台活动上接过麦克风的押井监督有些害羞地说道。押井监督的这番话莫名地令我胸中一热。原本这些话应该由我亲自向她本人表达，但押井监督替我说了出来，我竟然感觉松了一口气。可惜去后台拜访的愿望终究没能实现，但经过四十年的岁月我终于见到了初恋之人。不是架空虚构，而是作为现实存在的女性。我初恋的女性确实存在着。菱美百合子女士至今都是那个美丽的安奴，一点也没变。她的笑容还是那么的迷人。

以《赛文奥特曼X》这个节目为开端，《赛文奥特曼》诞生四十周年的秋天，四十四岁的我心怀感激，写下了四十年前就应该寄出的给安奴的信^{情书}。

我的初恋之路。由此回溯开去，在起点之处，安奴仍在那里。

（2007年12月）

漫画！マンガ！MANGA！
～某一天，某个夜晚的故事

《2001夜物语 原型版》星野之宣/著

  我面前放着一个电脑键盘。现在只要我输入"まんが"这几个字，就会转换为单词。那么，电脑屏幕上会出现哪个单词呢？是"漫画"，还是"マンガ"，亦或是"MANGA"[a]呢？虽然都可以通过"まんが"打出来，但转换成汉字、片假名、罗马音后，"まんが"这个词所表达出的意思却略有不同。

  现在或许难以想象，但在过去"漫画"是没有时间概念的。二战前的"漫画"主流是讽刺漫画，多是一格或者四格。现在这种由连续多格组成的形式是从二战后才开始的。所以当时的"漫画"是没有什么故事性的。正式给"漫画"加入叙事的，是现代漫画之祖手塚治虫。

  接下来，反映出各式各样作家性、社会性的"マンガ"成了无数人的娱乐产品，成长为凌驾于"小说"之上的一种亚文化。随后"少年漫画"和面向成年人的"剧画""少女漫画"一道，形成广泛的"マンガ"文化并在全世界传播开来。漂洋过海的"マンガ"在异国他乡被认知、评价，最终成为了"MANGA"。

  回想起来，我是那种基本不看周刊漫画的小孩。我买的都是《我

---

a 一般意义上我们口中的漫画，在日语中写作汉字的"漫画"时，多指二战前在报纸上刊载的时事漫画、讽刺漫画；写作片假名的"**マンガ**"时，代表广义上我们现在所认知的日本漫画；MANGA 可以大致理解为西方社会对广为流行的日式漫画的统称。

们》《冒险王》这类纸质相对较好、彩页更多的月刊漫画。周刊漫画基本不买也不看，那种周刊特有的纸质我实在是受不了。周刊的特点是看完就可以扔，所以特意采用了纸质一般的再生纸，我小时候就特别不喜欢这种纸。尤其是讨厌那种红、绿、橙、黄组成的所谓彩色。有时候在理发店、小饭馆或者医院的候医室能看到被丢弃的周刊漫画，那满是手印、变了颜色破破烂烂的样子让我感到更加厌恶。基于这些理由，我尽量不看周刊漫画的连载，等几个月以后发行Comic版后再去买来读。经过修订、总结以及漂亮的装帧，可以永久保存的单行本对我来说才是"マンガ"。如今我虽人到中年，但这个理念依旧未变。

我记忆里最早看的マンガ是梶原一骑的《虎面人》《明日之丈》，这类体育漫画在我上小学前可是人人爱看的。上小学后我受到了特摄片的影响，兴趣开始转向了英雄系列。其中特别沉迷的是石之森章太郎（当时叫石森章太郎）的《改造人009》《假面骑士》。同时还喜欢看无厘头漫画《天才傻鹏》（2007年正值本作诞生四十周年）。到了现在这个年纪，我仍然可以闭着眼睛画出傻鹏爸爸的样子。之后到了中学时代，因为看了《宇宙战舰大和号》而喜欢上了松本零士，《银河铁道999》《俺是男人》等松本老师的作品我全都买齐了。我记得我还在教科书或者笔记本上画过梅蒂尔[a]的涂鸦。上了高中，则是寺泽武一那部画风非常不日本的《眼镜蛇》。我时常照着单行本临摹，以至于书的边缘都被铅笔屑染黑了。当我进了大学，就为大友克洋、西岸良平、坂口尚、板桥秋芳他们更加成年人向的作品所倾倒。

大学毕业后，我走上社会进入了游戏行业。那一年夏天，因为

---

a 《银河铁道999》中的女性角色。

通勤实在太辛苦，我在神户的冈本租了间房。这是我自出生以来第一次一个人生活。当然，一日三餐都在外面解决，每天在不同的炸猪排店或者小饭店间来来回回。讽刺的是，在这样的生活里我开始会去翻看店里放着的我原本很讨厌的那些漫画杂志了。不过不是什么少年周刊，而是一本叫"BigComic"的青年漫画杂志。伴随着筷子和碗的碰撞声，我接触到了浦泽直树、弘兼宪史这些才华横溢的作者。差不多在同一时期，我还因为一个人生活而邂逅了另一位天才。

我租房子的时候，从家里只带了被子、立体声音响和摩托车这三样东西（冰箱和洗衣机是出租屋里本来就有的）。偶尔早回来，房间里也没有电视可看，为了打发时间只能戴着耳机听听音乐。在倍感寂寞的夜里我实在睡不着，就从出租屋出来到附近去散步。租房子的第一个夏天，房间里连空调都没有，室内热得不行的时候我也会出去纳凉。我租住的高层公寓位于阪急冈本站和JR（当时还是国营铁道）摄津本山站的中间位置。在冈本站一侧和本山站一侧的附近有好几家营业到很晚的书店，简直是奇迹。那时候便利店还不像现在这样普及，我就像被电灯泡吸引的飞虫一样钻进了书店里。由此，我遇到了那部我永生难忘的漫画。

为了排解寂寞我站在小书店书架前，目光停留在了一部"マンガ"的标题上。因为这个标题让我联想到了一部我喜欢的电影。在那个难以入眠的盛夏之夜，我从书架上抽出那本"マンガ"，翻动起书页。那就是星野之宣的《2001夜物语》。

太震撼了。《2001夜物语》与其说是一部"マンガ"，不如说是给大人看的硬科幻。不仅是细致的画面、高品位的设计格调和电影一般的分镜精彩绝伦，那硬派、扎实的内容也让我吃惊不小。在

The Gifted Gene and My Lovable Memes

《2001夜物语》中，阿西莫夫的科学考证、阿瑟·克拉克的抒情叙事、海因莱因的英雄主义以及布拉德伯里的幻想元素可谓一应俱全。

"世间怎么还会有这样的'マンガ'！"在我心中已经被忘却的科幻之魂又再度燃烧了起来。

自那以后，我到处搜寻星野先生的作品。那时候不是现在这样的网络购物时代，我可是费了好大劲转遍了各种宅物商店和旧书店。

星野先生的作品既是娱乐也是艺术，又富含哲学思想。哪怕从销量数百万册的周刊漫画杂志转到小规模的月刊发表，星野先生依旧斗志昂扬地继续着连载，那崇高的精神深深打动了我。或许我是在星野先生的身上，看到了那时在红白机的主流阴影下于次级游戏市场耕耘的自己。

日本漫画能够以"MANGA"的姿态在全世界范围内获得广泛认可，并不是凭借由编辑部主导的商业漫画。而是通过星野先生和诸星大二郎[a]（讽刺的是这二位都在少年jump上获得过手塚赏[b]）这些孤高作者们脚踏实地的创作才得来的。

如今，MANGA和游戏经常作为日本文化输出的代表。漫画经由"漫画"→"マンガ"→"MANGA"的三段式跳跃实现了巨大的突破。另一方面，"电脑游戏"在日本变为"电视游戏"，随后以"VIDEO GAME"的形态在雅达利冲击[c]后于全世界大放异彩。但是，在日本国内"游戏"还是"游戏"，在海外"GAME"也还是"GAME"。

为什么日本的"游戏"不能成为"MANGA"那样的存在呢？

---

a 日本漫画家，风格多为怪异、幻想，与星野之宣是多年的对手和好友。
b 由集英社举办，针对少年故事漫画的新人奖。
c 1983年曾经的游戏业巨头雅达利由于对第三方游戏制作厂商管理不严，导致市场上出现了诸多劣质游戏，使消费者对游戏以及游戏机失去了信心，不愿再购买游戏与游戏机，从而使得当时的美国游戏界遭受到一场毁灭性的灾难。

那是因为"电视游戏"还是一种以市场为导向的商品。"マンガ"打破了"给孩子看的画画书"的固有印象，当中也有不少达到了艺术和哲学领域的"作品"。星野先生的"MANGA"是唯有"MANGA"才能表现的独一无二的"作品"，无论是小说还是电影都做不到。正因为如此，才配得上"MANGA"这个世界级的称呼。

由光文社发行的《2001夜物语》原型版，竟然还是用A4这种大尺寸制作的。还没看过的人请务必买来看一看。我希望人们能了解到，漫画书不仅仅是消费品，有些作品会长留在人们心中、伴随着他们一生。

时隔二十年，我通过这次的原型版再次和《2001夜物语》相见了。奇怪的是，就像那个夏夜一样，我从中获得了无穷的勇气。仅凭纸和笔描绘出的这二十个夜晚的故事，超越了所向无敌的欧美电影巨人《2001：太空漫游》，也颠覆了那个过分依赖商业漫画的漫画业界的常识。虽然这个评价我觉得迟了太久，但星野先生把"マンガ"从日本文化的桎梏中解放了出来，推向了"MANGA"这一更高层次的境界。这份伟业实在令我叹服不已。

现在，我把手指放到了电脑键盘上。我准备输入"げいむ"[a]这几个字，看看会出来什么词。是带有积极意义的"芸夢"呢，还是消极意义的"迎無"呢？又或者仍然是"电视游戏"呢？

我的"不眠夜故事"看样子还将继续。

（2008年2月）

---

[a] 日语外来语中 game 的片假名写法，后面的"芸夢""迎無"都可以通过输入"げいむ"在日语输入法中拼写出来。

大众会梦见银翼杀手吗？

Blade Runner
《银翼杀手》雷德利·斯科特/导演

"一团乱……从头到尾都充斥着混乱。"（纽约时报）

"简直就是一部披着科幻外皮的色情电影，全片充斥着哗众取宠，毫无内涵。"（哥伦比亚记录报）

这是接近三十年前一部分媒体对某部当时上映的电影作出的评论。到底是什么作品会获得如此辛辣差评？读到这些评论的人肯定会产生这样的好奇。先别急，等听到这部电影的名字的时候，恐怕这个疑问就会转为愤怒。

这部影片如今作为cult电影的代表在全世界范围内都有诸多死忠影迷，对之后的影像工作者们产生了巨大的影响，是位于科幻电影金字塔顶端的作品。这就是《银翼杀手》。本片常年居于我心中的史上十佳影片之列，是我非常喜欢的一部电影。和许多创作者一样，如果没有遇到这部电影的话，恐怕也就没有现在的自己。《银翼杀手》所展现出的既不是梦境也不是纯粹的虚构，而是对未来一次具有现实意义的展望。

如今全世界的人们虽然都对《银翼杀手》赞誉有加，但意外的是很少有人知道，它当年上映时受到近乎一边倒的差评。除了开头说的那些评论家之外，当时喜欢合家欢娱乐电影的观众们也对阴暗又难以理解的《银翼杀手》态度冷淡。正因如此，本片的票房成绩十分惨淡，最终连制作成本的一半都没能收回。毕竟该片太激进、太哲学化了，对于大众而言为时过早。晚一周上映的日本和美国一样票房不佳，于是早早下映了事。所以当时我周围看过《银翼杀手》的人寥寥无几。在那个没有因特网的时代，根本没有机会和他人分享我对《银翼杀手》的热爱。即便随着录像带的普及，《银翼杀手》也和《星球大战》《星际迷航》等太空歌剧作品不同，是一种特别的存在。喜欢的人就特别的喜欢，非常挑观众，实乃cult电影的先驱。不知什么时候开始，《银翼杀手》的爱好者们开始把本片简称为"银杀"。

"银杀"上映于1982年的夏天，我刚上大学一年级。这部电影因为没有什么吸引人的爆点，所以悄无声息地就上了。我在空座甚多的大阪梅田电影院一个人看了"银杀"。和许多有幸在剧院看过"银杀"的人一样，我被彻底征服了。但相比于故事和主题，片中的那份未来感给我带来的震撼更大。明明是个充满混沌的世界，但和近未来科幻作品常有的那种荒芜、颓废不同，我并没有感受到不快。不像黑色电影里的寂寥，"银杀"的世界反而充满了生命的活力。街上的交通工具、行人的穿搭、广告牌，甚至微小的细节都毫无违和感地被高科技化，并且完美融合到了一起。无关地域或国家，超越了时间的文化在这一个地方共存着。这份和谐真是太美妙了，即使是会让人思考生死的阴暗之处都在闪耀着光辉。真想住在这样的地方，真想生活在这样的未来。我一定可以在这样的世界里活下去！先不说角色，上一部仅是世界观就能让我如此敬畏的电影还是《2001：太空漫游》。对我来说"银杀"创造出来的奇异世界虽然很新颖，但也很像是一种令人怀恋的心境。

2007年，为了庆祝"银杀"上映二十五周年，发售了一套终极特别DVD。为了配合DVD发售，还有一些"银杀"的关联商品也随之推出。我除了由5张DVD组成的套装以外，还买了3张一套的纪念CD、包含最终剪辑版追加内容的新版幕后花絮书，另外还把菲利普·迪克的原作小说《仿生人会梦见电子羊吗？》又读了一遍，一个人搞了一场"银杀"的小庆典。

同时为了纪念DVD发售，《银翼杀手 最终剪辑版》也在电影院上映了，日本国内仅有大阪梅田的Burg 7和新宿的Wald9两家影院播映。我真正在电影院看"银杀"只有当年上映时，以及几年后在京都看它和《终结者》连映这两次。恐怕这次真的是最后一次在影院体验"银杀"了。虽然因为正在制作《潜龙谍影4》而忙得不可开交，我还是下定决心挤出时间去了新宿的Wald9。

Wald9是一家复合型影院[a]。就像它的名字那样，一共有9个厅放映各种各样的影片，票倒是在同一个窗口购买。我对售票窗口的姑娘试着说了句"请来张'银杀'"，她没能理解我的意思，诚恳地回了句"什么？"，一个劲儿希望我再说一遍。果然年纪尚轻的她听不懂"银杀"是什么意思。我指着上映片单和第五放映厅，又说了一遍"请来张'银杀'"，这次她终于明白了。拿着电影票，我调整了一下心情向第五放映厅走去。

场内坐满了像我这样三四十岁的"银杀"粉丝。有下了班的上班族、有一看就是业界内的人，还有从打扮上就让人觉得没有脱宅的中年人。当时还是十几二十岁的他们，如今已是壮年，身上都带着一种社会气息。虽然人数不多，但也有一些不明所以的年轻女性被这些"银杀"世代的人带了过来。不知为何场内听不到说话声，连情侣间都沉默不语。影片开场前场内弥漫着一种独特的紧张感，大家都静静地凝视着前方那块还什么都没有显示的银幕。仿佛短跑

---

[a] 有多块银幕或内含商场的复合商业大型电影院。

或F1赛车发令前那般寂静。随后,"最终剪辑版",也就是"银杀"的最终上映开始了。

"银翼杀手"的标题出现之时,场内集体发出了惊呼。在令人愉悦的紧张感中,117分钟一晃就过去了。

德卡德从地上拾起独角兽折纸,电梯门关闭。片尾字幕在范格里斯的配乐声中缓缓出现,电影放完了。我心中思绪万千,脑中还在回响着罗伊·巴蒂最后说的那些话。最终上映虽然结束了,但在我心中影片仍在继续。灯光一亮,观众们默默地向出口走去。没有人鼓掌也没有人欢呼,我不免有些失望。我实在是没经历过如此寂静的退场。没办法,我也只好加入了沉默的人流。出了影院,电梯厅人满为患,观众们在那里热切地谈笑着,经常有"银杀"这个词飘进耳朵。我这才发现,他们不是在等电梯。这次虽然没有贩卖宣传册,但电梯厅里贴有最终剪辑版的海报。大家就像是在美术馆欣赏画作一样看着它,没有一个人打算乘上电梯,只是一遍又一遍回味着刚才看过的影片。

大家都爱着"银杀"!

我从来没有身处这么多"银杀"粉丝之中的经历。我与这些素昧平生的"银杀"粉丝们共同度过了一段美好的时光。说实话,"银杀"有很多个版本,但每个版本都很棒。我对未公开画面、数码修复什么的不是太感兴趣,录像带和DVD我都快看吐了。最重要的是能在这个时代和同样喜欢"银杀"的同好们一起在影院里观赏"银杀"。正因为二十五年前没能实现这个愿望,所以才让我感动不已。这才是我的"最终剪辑版"。

出了电影院,天上下起了小雨。是落在人身上还略带有些暖意的晚秋之雨。林立的高楼浮现在雨雾形成的银幕上,而下面则是各种语言的霓虹灯招牌在闪烁着缤纷的色彩。从远处传来警笛声和异国语言的叫骂声。一边骑着自行车嘴里一边嚼着垃圾食品的年轻人们从人行道前呼啸而过。我迈出一步，踏上了街道。眼前不是往常的新宿，而是菲利普·迪克、雷德利·斯科梦中的未来，是二十五年前我们梦中那座2019年的洛杉矶。

我抬头看着天，深吸一口气，闻到的是"银杀"的味道。我伸出手去，触碰到的是"银杀"的触感。我一脚踩进刚刚形成的小水洼里，感受到的是"银杀"的体温。

我们如今还在梦里吗？

（2008年4月）

大和号与浪漫的点滴

《宇宙战舰大和号》

让我对"浪漫"这个词产生执着的契机，就是那部于1974年到1975年间播出的无人不知无人不晓的动画名作——《宇宙战舰大和号》。

无论到了什么年纪，我都着迷于梦想和浪漫这两个词。众所周知，不管是梦想还是浪漫都没有确定的形态，都不是在现实中存在的物质。所以无论怎么去追寻都不可能把这两样东西握在手中。既然没有人见过它们究竟是什么样子，那就算翻开时隔十年再次修订的广辞苑[a]，也没法弄清真相。因为就和人类创造出的众多神明一样，它们也是人类为了能够在未来继续生存下去而创造出的概念。即便如此，我还是不懈追寻着梦想与浪漫这样模糊不清的东西。就算永远也无法得到，但只要有追寻的目标，就能支撑人活下去。梦想与浪漫乃是男人的矜持。换句话说就是"男人的浪漫"。

我之所以对"浪漫"这个词产生执着，就是因为那部世人皆知的动画名作《宇宙战舰大和号》。本作后来也推出了电影版，引起了一股空前的大和号热潮，是改变了旧动画业界的革命性作品。如果没有"大和号"，恐怕就不会有在全世界广受赞誉的"日本动画"，动画也不会变为一项规模巨大的产业，像我一样深受"大和号"影响的现役创作者也就根本不会存在。正是这部《宇宙战舰大和号》，

---

[a] 日本最有名的日文辞典之一。

催生了日后的动画行业大发展，是价值巨大的商业体系和御宅文化的先驱。

关于我和《大和号》相遇的记忆，与已故的父亲密不可分。我父亲出生于1930年，从东京大空袭中幸免于难，是经历过二战战败的人。父亲少年时期对海军十分向往，虽然他在即将被征召去服兵役前战争就结束了。父亲十分喜欢喝酒，手也很巧，二者一结合你猜怎么样，他居然把拼战舰模型当作下酒菜。孩子们的玩具根本不管，在浴室里专门设置了一个干船坞，里面躺着好几艘大和号的残骸。

某一天，父亲在电视报上看到了"大和号"的字样。

"秀夫，大和号的节目要开始了，看这个！"

父亲自顾自说着，把电视强制换了台。父亲平时也是很凶的，我可不敢反抗。就这样，1974年10月6日，小学五年级的我奇迹般的在电视上看了"大和号"的第一集。

然而，这第一集对还是小学生的我来说实在太土了。大和号不仅直到最后才出现，而且也压根儿看不出来是标题上说的在宇宙空间中穿梭的雄伟战舰。从下一周开始，我偷偷瞒着父亲看起了与"大和号"同一时间段别台的节目《猴子军团》。不知道全国有多少家庭像我这样。因为同时期有《猴子军团》《阿尔卑斯山的少女》这样的人气节目压制，收视率低迷的"大和号"没有完成当初预定的39集的播出计划，仅26集就草草收场。从此，"大和号"就从我的脑中完全消失了。

但"大和号"并未就此沉没，凭借着重播的机会这艘巨舰再度上浮。从某段时间开始，我们家养成了一个习惯，会在晚饭时间看读卖电视台的重播动画。正当《武士巨人[a]》已经看腻了的时候,我与"大和号"再度重逢,并对本片有了新的评价。

这之后我又看了好多遍"大和号"的重播,可谓是百看不厌。看的次数越多,"大和号"在我心中的魅力就越大。那时候班上有人用照相机对着电视拍下动画的画面,还有人用录音机录下声音。慢慢地,周围所有人都对"大和号"沉迷了。电视上播出三年后,"大和号"伴随电影化的契机引发了更大的热潮。

1977年的夏天,父亲英年早逝("大和号"的电影版在东京首映的8月7日那天正是父亲的告别仪式)。在失去家庭顶梁柱的绝望中听闻的唯一一个好消息,就是"大和号"上映的新闻。父亲去世后一段时间我在家中服丧,为了处理一些手续和母亲去了趟梅田,回来的路上我买了附带海报的电影预售券。到家后,我把海报贴在房间的墙上,不停盯着海报上斯塔莎的脸。必须要做出行动了。在新学期到来前,中学二年级的少年需要一丝浪漫来熬过明天。

我永远忘不了电影在关西首映的那天。残暑未消的暑假,我乘上始发电车,一个人前往位于梅田新道的东映Parasu影院。从梅田的地下通道走上来我很快就察觉到了异样,从未见过的长长队列沿着道路无限延伸开去。我眯着眼睛眺望了一下,电影院在相当远的地方,光是找队伍的末尾就费了好大劲。关于票房的讨论从前面像传话游戏一样传了过来。因为有很多通宵排队的人,为了应对庞大的观众数量,第一次放映居然是在清晨进行的。很多人都说"不用担心,放映会按顺序进行的!"。结果,我并没能买到传说中限量的电影赛璐珞胶片,但这都不要紧。我是切身感受到了"大和号"

---

a 又译作《魔投手》,原名《侍ジャイアンツ》,梶原一骑编剧的棒球题材漫画,改编动画于1973年播出。

的现象级火热程度，彻底明白了并不止我一个人如此喜爱着"大和号"。在烈日下等了几个小时，跟随队伍绕了一圈又一圈后，我终于进到了仿佛能闻到"大和号"气味的放映厅。在那里我和冲田舰长、古代进、森雪、迪斯拉他们重逢了。并且我在父亲死后第一次接受了"那个喜欢大和号的父亲已经不在了"的事实。

"大和号"的魅力到底在哪儿呢？一言蔽之，果然还是"浪漫"。漆黑的宇宙，在充满未知的深空中，一艘孤独的飞船承载着全人类的生死，不断前进着。距离从未踏足过的伊斯坎达尔，尚有遥远的148000光年。唯有不断前进。为了清除辐射，必须要把宇宙清洗器D给带回去。在无数的未知之上，还有离地球灭亡倒计时仅剩一年的时限在滴答作响。为了那些遗留在地球上的人们，他们肩负起了沉重的使命。必须要完成这使命，否则人类就会灭亡。"大和号"是一个有关约定的故事，同时又是在无垠宇宙中彷徨的冒险谭。这其中有着近年来越发稀有的一种浪漫。

"大和号"是人们追求浪漫，觉得浪漫要比金钱更有价值的那个时代的动画作品。同样是人气动画的《机动战士高达》《新世纪福音战士》之中，没有"大和号"那种男人的浪漫。这与创作者的世代有关系。经历过战争后的那些创作者们所推崇的反战情怀、对武器的憧憬、武士道战斗、浪漫的传承，这些在"大和号"中都有。从开战到战败，从一片废墟到经济高速发长的大浪中存活下来的男人们，被战争的残渣强烈吸引着的男人们的意志。"大和号"说不定就是经历过战败的父辈对孩子所讲述的，另一个"大和号"的故事。

"大和号"主题歌（OP和ED）中对"浪漫"一词也反复提及。

"背负着拯救地球的使命，勇敢地挺身而战，这就是男人们的浪漫。"

"踏上旅途的男人，胸中常怀浪漫的点滴。"

"旅途中的男人眼里，无论何时都遐想着浪漫。"

担任作词的是昭和时代的歌手阿久悠。仔细一看，"男人"和"浪漫"肯定成对出现。真是能深刻感受到海上男儿、昭和浪漫的出色歌词。

2008年，TV版"大和号"的DVD-BOX初回限定版发售了，这是为了纪念"大和号"诞生三十周年而制作的高清重制版，其中还同捆了"大和号"一比七百的模型。趁此机会我想再一次好好品味这部作品。

如今，年轻人和大人都在失去梦想，都不再能感觉到浪漫了。话说回来，因为从古至今梦想和浪漫都不是生存所必须的东西，所以没了也就没了。不如说梦想和浪漫变成了现实中的一种阻碍。因为有了这种想法，无论是日常生活还是虚拟世界，梦想和浪漫都作为不切实际的借口而被封印了起来。梦想和浪漫在现代社会中渐渐消亡，成为了没人会再提起的词汇。

即便如此，我还是会这样想，否定无法实现的东西，这样对吗？即使是在最深的谷底，仍然要积极向前看，相信明天，保持着这样纯真无邪的贪欲。挑战自己认为不可能的事，不觉得里面有一种浪漫吗？

无论什么时代，梦想和浪漫都不是能轻易得手的东西。梦想和浪漫就像是从地面上仰望太阳的那种感觉。明知道无法触及，但仍旧不断追寻，这不正是我们应该遵循的吗？只有那些一心一意追求着浪漫的人们，浪漫才会寄宿于他们的心中。

当我觉得自己正在失去梦想和浪漫、就要放弃追寻梦想和浪漫的时候，我都会哼唱起《宇宙战舰大和号》的片尾曲《鲜红的围巾》。如此一来脑海里就会浮现出在漆黑的海洋中航行的"大和号"的背影，心中自然而然地涌起名为"浪漫"的勇气。

"那个姑娘挥舞着的
鲜红的围巾
我在想 那是为谁而挥舞？
不管是为谁都行
只要大家都觉得是为了自己就好。
踏上旅途的男人，胸中常怀浪漫的点滴
啦啦啦……那鲜红色的围巾"

（阿久悠作词/宫川泰作曲）

（2008年6月）

JOY DIVISION和那段时光(THESE DAYS)

JOY DIVISION

踽踽于寂静之中
不要沉默地离开
危险显而易见,无处不在
漫无边际的交谈,生活正在重建
别走远。

行走于寂静之中,保持沉默,别转身
你的困惑,我的幻觉
戴着自我憎恨的面具
对抗,然后死亡
不要走开

像你这样的人,看见事物的本质,飘飘然了
河边狩猎,穿越街道
每一个角落都弃之过早
小心地坐下
不要沉默地离开,不要离开
(JOY DIVISION《ATMOSPHERE》1980年)

5月18日对我来说是个特别的日子,因为这一天是伊恩·柯蒂斯的忌日。伊恩·柯蒂斯是成立于英国曼彻斯特的传奇后朋克乐队JOY DIVISION的主唱。在万众期待的全美巡回演出前一天，伊恩·柯蒂斯选择结束自己的生命，年仅二十三岁。

每当有人问我"最喜欢的乐队是？"，我肯定会回答是JOY DIVISION。"最喜欢的一张专辑是？"，那毫无疑问是第二张专辑*Closer*。JOY DIVISION对我而言不仅仅是一支乐队，他们的音乐、歌词、视觉、生存方式和精神甚至生死观都对我产生了极大影响，可以说和我的灵魂相连。如今伊恩故去良久，乐队也早已解散，但这份影响延续至今。人生艰难的时刻、快要迷失自我的时刻、工作陷入困境的时刻，我都会听JOY DIVISION的歌。就算是心情舒畅的普通日子，我也会定期听听伊恩的歌声，感受他的脉动和旋律。但是听他们的歌并不会像听别的乐队那样变得有精神，身体随着轻快的节奏晃动从而释放压力，根本不是这回事。我只是陶醉在他们那崇高、近乎危险的阴郁世界中，用以再次确认自己的所在。对我来说JOY DIVISION就是个分享对孤独和死亡的恐惧以及个人抑郁状态的地方。就好比教徒在每周日去教堂做礼拜，爱读书的人对于喜欢的书会一遍又一遍地读，收藏家每天早上都要欣赏自己中意的画作。我听JOY DIVISION既不会感到兴奋，也不会涌出勇气。不会笑，不会哭，也没有感动。JOY DIVISION是一个永远静止的空白空间。回到那个空白空间的行为对我来说就是JOY DIVISION。

失去主唱这个灵魂人物后，JOY DIVISION剩下的成员将乐队改名为NEW ORDER，成功跨过了柯蒂斯离世带来的困境。不过讽刺的是，让他们一举成名的*Blue·Monday*却是一首讲述伊恩之死的歌。之后NEW ORDER在全世界范围内大获成功，于主流乐队圈内建立起了稳固的地位,至今也活跃在乐坛上。

可惜的是,我听JOY DIVISION已经是伊恩去世一段时间之后的事了。最开始听说JOY DIVISION,是来自Tears for Fears[a]乐队第一张专辑的日本版唱片封套说明上,山田道成[b]所写的"他们现在的音乐风格受活跃于1980年代前后的一支传奇乐队JOY DIVISION影响,已故的伊恩·柯蒂斯正是其中心人物"这段话。我印象里应该是在1983年。同一时期,NEW ORDER的 Blue·Monday 在日本也流行起来。于是我就同时知道了JOY DIVISION和NEW ORDER,哪一个在先就不确定了。托 Blue·Monday 走红的福,作为前身乐队的JOY DIVISION的专辑也终于登陆日本。我手上的黑胶碟和12英寸盘都是日本版的,估计就是那个时期买的。不可思议的是,我被JOY DIVISION深深迷住的同时,对NEW ORDER却没有什么兴趣。我真正喜欢上NEW ORDER还是从几年后他们推出 Low Life（1985年）这张专辑开始。

大学时代是我人生中的一段黑暗时光。我一方面无法舍弃拍电影的梦想,另一方面又迫于现实无法实现这个梦想,只得闷闷不乐地度过空虚的每一天。我的学生生活就像一具毫无生气的死尸一般。没有人可以商量,也没有能理解我的人。那时候我遇到了JOY DIVISION的伊恩和写下《二十岁的原点》的高野悦子[c]。他们都已不在人世,都是年纪轻轻就选择结束自己生命的故人。当时的我比起在活生生的人群中感受绝望的孤独,更喜欢与死者进行遥不可及的对话。与其选择无法理解我的现实,不如选择与我抱有同样观念的

---

a 组建于1981年的一支英国摇滚、流行乐队。
b 日本乐评人。
c 立命馆大学学生,1949年出生,1969年二十岁时跳轨自杀。后其父将其二十岁生日至自杀前的日记以《二十岁的原点》为题出版,广为人知。

死者。在与JOY DIVISION共生的那段时光里，我一边和远方的死者交流，一边苟延残喘地活着。沉默的商谈对象、救命恩人，这就是JOY DIVISION对我的意义。正因为如此，这支乐队才如此特别。

时隔二十五年，JOY DIVISION再一次火了。契机是荷兰摄影师安东·寇班执导的第一部长篇电影CONTROL的上映。这是一部描绘了伊恩·柯蒂斯从青年时代开始到他自杀为止的黑白传记片。本片同时也是一部关于JOY DIVISION的电影。因为这部影片的上映，JOY DIVISION在世界上的关注度又一下子得到了提升。作为老粉丝可把我忙坏了。CONTROL的原声碟，买了；保罗·史密斯和CONTROL联名的T恤，买了；安东·寇班的限定写真集IN CONTROL，买了；KATJA RUGE的写真集FOTOREPORTAGE23:IN SEARCH OF IAN CURTIS，买了；以前买来就放那儿没动过的伊恩·柯蒂斯的妻子黛博拉写的传记Touching From A Distace，读了。数字重制的官方专辑Unkown Plesures、Closer的收藏家版以及官方未收录曲目合集Still，买了；趁此机会发售的双碟装完全精选集The Best Of JOY DIVISION，买了；最后，只在英国限定发售的双碟装黑胶碟JOY DIVISION:MARTIN HANNETTS PERSONAL MIXES、JOY DIVISION:LET THE MOVE BEGIN，我竟然通过KONAMI伦敦分部的渠道奇迹般的也买到了。

走在涩谷的街头，关于CONTROL的各种景象映入眼帘。CD商店播着JOY DIVISON的歌，书店里专门设置了JOY DIVISION相关书籍的柜台，电影院放着JOY DIVISION各种的预告片。街上到处都是JOY DIVISION，简直就像是JOY DIVISION的大庆典。身为粉丝的我从来没敢想过居然还会有这样一天。希望借此机会能让更多人，特别是年轻人能够听听他们的音乐。希望能够让人们知道有JOY DIVISION这支曾经辉煌过的乐队存在。希望大家都能感受到英年早逝的伊恩他那纤细的心灵。

　　作为整场庆典的收尾,JOY DIVISION的纪录片电影JOY DIVISION（格兰特·吉导演）在伊恩的忌日这天上映了。

　　通过电影JOY DIVISION以及这一连串的活动,一个疑问再次浮现在我的脑海中。是在大好年华逝去,就此化为永恒？还是哪怕老态龙钟也要持续战斗下去？哪一种才能成为真正的传奇？哪一种才是真正的英雄？上面说到的电影里,NEW ORDER的成员们作为见证人也出镜了。现在的他们虽然生活富足,但肉体上老了,精神上也疲惫了。影片的最后,现在的他们演奏起过去JOY DIVISION的曲子,和当年伊恩还在的时候的画面来回切换。不能简单地将其划分为"过去和现在的对比"或"从JOY DIVISION到NEW ORDER的变迁"。对粉丝来说,这个蒙太奇实在是令人感到痛心。一把年纪还在坚持活动能称得上是传奇吗？看完这部电影后,我有种奇妙的感觉,伊恩的死、JOY DIVISION的死正是JOY DIVISION的魅力所在。

　　那个接触JOY DIVISION时最接近死亡的孤独青年如今也已经四十五岁了（当时2008年）。虽然丑态毕露,但依旧活着、依旧在战斗。对于乐队成员和所有与伊恩去世有关联的人、以及我们这些因他的离去而受到巨大影响的人来说,这是唯一的道路吧。但我们还是未能明白。究竟应该让死亡停下时间,还是应该继续活着让时间不断侵蚀自己。这个答案我们至今没能找到。所以我在这二十五年间,不断听着JOY DIVISON。

　　伊恩·柯蒂斯的墓碑上刻着JOY DIVISION被称为最高杰作的单曲名字。

真想在某天去他位于麦克尔斯菲尔德的墓前看看。
IAN CURTIS 18-5-80 LOVE WILL TEAR US APART

（2008年8月）

岛耕作与父亲们的头衔

《社长岛耕作》弘兼宪史/著

前些天,品川区的Stellar Ball音乐厅里,召开了某电机公司的"社长就任记者会"。这场活动不仅在网上有所转载,连报纸和电视都作为头条新闻进行了大力报道。那么,这场记者会为什么引起了这么大的骚动呢?

发布新社长就任消息的是"初芝五洋控股公司"这家名不见经传的公司。怎么样,听起来有印象吗?

"初芝五洋控股公司"是作为大型家电制造商的初芝电器产业为了统合经营,收购了五洋电机后新诞生的控股公司的名字。听到初芝电器产业这个名号,不少人应该心里有数了吧。没错,说到初芝,就是那个男人工作的公司。也正是这个男人担任了这家新公司的社长。这个男人,就是日本最有名的上班族,上班族父亲们的英雄,岛耕作(六十岁)。即使平常不怎么看漫画的人,也应该听说过岛耕作这个名字。

岛耕作是弘兼宪史自1983年开始连载长寿漫画系列《课长岛耕作》的主人公。诞生以来至今二十五年,从"课长","部长","取缔役","常务","专务[a]"一路走来,岛耕作终于当上了社长!开头那场闹得满城风雨的记者会报道的就是这件事。当然,岛耕作是个虚构的人物。但是作为架空漫画的主人公能够登上现实中的新闻,岛耕作这个男人的存在感可真强啊。然而和海螺小姐不同,岛耕作是

---
a 取缔役即董事。常务全称常务取缔役,即常务董事。专务即专务取缔役,专务董事。

The Gifted Gene
and My Lovable
Memes

年龄与现实同步的、作为英雄一般被人们所认知的少见的国民级漫画角色。我与岛耕作一起经历时代，增长年纪，看到他就任社长的新闻时也感到非常高兴。

岛耕作出生于二战后的婴儿潮时期，早稻田大学毕业后，1970年入职大企业初芝电器产业。岛耕作没什么特征，是个极其普通的上班族，但他在最危急的关头解决问题，并在上司和部下的帮助下，成功推进了极其困难的企划，于是奇迹般的得到了晋升。套用"美国梦"的说法，简直就是"上班族梦"。然后在今年五月，岛耕作终于正式登上了代表取缔役社长这一上班族的顶点。这就好比是赠与"残酷上班族"世代的上班族幻想一般。

另一方面，如果按照现在年轻人的嗜好来看，"在一流公司内出人头地"这个主题似乎并不能引起他们多大的兴趣。就好像"一流大学毕业，一流企业就职，然后以不断向上爬为目标"已经是上个世代的风潮了，是父辈那个时代的情况，已经成为过去式。事实上我也认同部分观点，所以在《课长岛耕作》连载的时候我并没有怎么看。

我是在二战后婴儿潮很久之后的1963年出生的。即使如此，小时候的我还是在"一流大学毕业，一流公司永久就职"是再好不过的这种思想下成长的。是还没有neet、派遣员工这种名词，学历、头衔社会刚启蒙的那段时间。

我的父亲作为一名药剂师从事新药研发的工作，身处组织之内也算是一种上班族吧。这样的父亲乘坐着摇晃的电车，与组织上磨合纠缠，即使疲惫不堪但还奋力工作着，历经艰辛终于有了一个小小的家，那是位于关西近郊，开山而建的新兴住宅区，那便是我的家。我从小学高年级开始便在那里成长。这条街道就像宣传口号里说的那样，与那些历史悠久的街镇不同。这就是为什么我们需要一个标准来审查陌生人的阶级和身份。这个标准就是"学历、头衔"。在这座没有什么历史底蕴的城镇，孩子和他们的双亲都在自己的现在、未来的"学历、头衔"上互相竞争着。简直就像打扑克牌一样。

"我是xx公司的xxx。"

"我将来希望上xx大学xx部。"

正因为如此，我选择了反叛。我自己选择的世界，是一个不看重头衔的业界，是只重视才能的崭新工作，那就是游戏的世界。所以我在1980年代对以《课长岛耕作》为标题的漫画毫无兴趣。我不是讨厌弘兼先生的作品，我反而是他的粉丝，非常喜欢他的《人间交叉点》和早期的科幻作品。

这样的我为什么会开始看岛耕作系列？那是从我的职场环境渐渐发生变化开始。入职第七年的1993年，我有了一些部下，十个人不到，也没有什么成绩，被称为开发五部的小小团体。我被任命为"副部长"，时年三十岁。在这里我第一次担任部门之长，除了创作以外还体验到了人事、经营、预算管理等等事务。虽然有创作的经验，但作为副部长的经验完全为零，任何情况对我来说都是第一次遇到。就是那个时候，我在书店再次看到了《课长岛耕作》。虽然头衔有所不同，但从规模上来说"副部长"与"课长"还是很接近的。跟谁都不能商量的烦恼、莫名的不安感，这些情绪都被《课长岛耕作》给缓和了。夹在组织与现场中间，孤立无援的新人"副部长小岛秀夫"被"课长岛耕作"暗地里支持着。

我与岛耕作的故事还不止这些。岛耕作还是"课长"的时候我成为了第一制作部的"部长"，之后，他成为了宣传部的"部长岛耕作"。1996年KONAMI的制作子公司成立，我在成为"取缔役"和

"副社长"后,他回到总公司成了"取缔役岛耕作"。再然后他在总公司坐到了"常务岛耕作"之位,我也回到KONAMI本社,当上了"执行役员[a]"。经过这样反反复复,我有一种和岛耕作在现实中互相竞争升职的感觉,由此也对岛耕作产生了一种别样的亲近感。

岛耕作系列的标题必定前面附有头衔。但是这绝不是简单的关于头衔的故事。而是肩负着各种头衔的岛耕作,在不同的战场(立场和环境)中,如何战斗并成长的故事。虽然标题中的头衔名称让人不由觉得这是一部描写如何出人头地的故事,但换个角度想,事实上相比头衔,还是选择自己重视的工作更为重要。

"岛耕作系列"漫画中,岛耕作年轻时曾经说过一句让我难以忘怀的话。那还是他当课长时的章节,那个时候无论是他还是作者弘兼先生肯定都没有想到将来岛耕作会就任社长一职。

"相比光鲜地做着自己不喜欢的工作,我宁愿像狗一样做着喜欢的工作。"(出自STEP59 "EVERYTHING MUST CHANGE")

在商业场合,不仅是国内有与初次见面的对象交换名片的习惯,在国外亦是如此。这种时候人们还不是很了解对方,名片上的头衔就成为换取互相信任的材料。

"xx公司的xx部长"

"一流xx企业的xx社长"

不禁有种第一印象或是商议的成功与否都是由名片上写着的头衔来决定的错觉。但真的是这样吗?头衔不是给人使用的,头衔也不能创造事物。头衔不能带来收益上的提升,头衔更不能引发超自

---

a 执行董事。

然的奇迹。通过名片上的头衔，将那个人特有的才能与魅力发挥出来，才是头衔的意义。岛耕作作为"课长"的时候，与普通的课长不太一样，他不是故事中的一个"课长"，而是"身份是课长的岛耕作"。我所喜爱的不是"课长"，而是"课长岛耕作"。

我小岛秀夫既是一个Game Designer，也是一个企业的员工，当然也会有升职或部门变动的可能。现在我作为执行役员参与着公司的经营，和岛耕作一样是个旧世代的上班族。但我不会像他一样成为一个肩负着头衔的组织人，而是要以"Game Designer"的身份继续工作下去。头衔没有任何意义，头衔并不能评价一个人。头衔也不能流传下去，头衔是一时性的东西，只是表示当时的状态，并没有价值。人们感受、评价的，并不是组织或者担任的头衔。

作为在工作的男人来说，有比头衔更重要的东西，像是自己的身份、自己的生存方式、自己的感受，双亲给予自己的名字以及那个名字带来的价值。顺带一提我现在（当时2008年）名片的左边写着这样一些东西：

"株式会社Konami Digital Entertainment 执行役员 Creative Office Kojima Production 监督 小岛秀夫"

但是我不希望人们记住我的头衔，而是记住我做过些什么。我想不为了头衔，而是为了自身的使命度过余生。

所以我在交换名片时上面写着：

"Game Designer 小岛秀夫"

（2008年10月）

2011年的孩子们（星童）

《2001：太空漫游》斯坦利·库布里克/导演
A Space Odyssey

  这个不完美的世界上是否存在"完美的东西"？若是除去自然界造物，把这个范围限定在人造物中呢？如果，人类这个造物主偶然间的造物创造出了这个世上可称为完美的东西，那是不是就可以说人类超越了造物主本身？回顾我四十五年的人生（当时2008年），遇到完美造物的经验屈指可数。硬要说的话，斯坦利·库布里克导演的电影《2001:太空漫游》就是其中的代表。《太空漫游》于1968年上映，是一部无人不知无人不晓的顶尖科幻电影，是我心中顶礼膜拜的史上最佳影片。我一直以来在各种媒体上都刻意回避提及到《太空漫游》，因为它对我来说实在太过宏大、太过个人了。对于没有看过本片的朋友，你们是不幸的，请一定要好好看一看。不知道这部电影简直就是虚度人生，就是自己关上了进化的大门，封闭了通往未来的道路。

  我知道《太空漫游》是在它上映十年后的1978年，我中学三年级的时候。由于1977年在美国上映的电影《星球大战》大获成功，使得日本也刮起了一股科幻旋风。但《星球大战》在日本的上映时间要迟上一年多，当时的科幻爱好者们饥渴难耐，看了不少其他科幻电影（比原版星战上映还要早的山寨片《宇宙来信》、斯皮尔伯格的《第三类接触》等）作为代餐。在《星球大战》正式登陆日本前，一股科幻电影的热潮就已经到来。电视上播放着科幻特别节目，书店里网罗了出版过的各种科幻电影相关的书籍。应该就是在这些书中间，我偶然间买到的由德间书店发行的mook[a]《太空科幻电影之书 未知与遭遇 星球大战、2001太空漫游》，成为了一切的开端。原本是《星球大战》的内容吸引了我，但书里也刊载了《太空漫游》的特辑。

"The Dawn of Man"

这本mook特辑中由《太空漫游》的彩色视觉图和太空船的图解、手塚治虫和库布里克的访谈（荻昌弘通过电话采访）、矢野徹随笔等构成，全都是十分扎实的硬货。我由此第一次接触到了《太空漫游》，并留下了深刻的印象。梦想成为宇航员并喜欢读硬科幻作品的我，相较于《星球大战》这样的太空歌剧，自然是《太空漫游》的世界观更能引起我的兴趣。可惜的是，我一直没机会在电影院里欣赏这部影片，因为该片只在首映当年以及次年放映过，并没有重映的计划。之后，我读了阿瑟·C.克拉克（2008年3月不幸离世）的原著小说，还在广播电台听了《太空漫游》的广播剧。在《星球大战》上映的同一年，《太空漫游》总算是重映了。记得是在大阪的OS剧场，我终于有幸在电影院里第一次体验了《太空漫游》。之后每次重映，我都会去在大银幕上观看这部电影。

"Jupiter Mission"

《太空漫游》对我来说不仅仅是一部电影，而是一种体验。我

---

a 由 magazine 和 book 两个单词结合而来，意为杂志书，由日本所创造并推广的一种新文化商品，将杂志以书的形式发表，一般一本书就是一个专题。

并没有宗教信仰，但通过这部影片遇到了宇宙、遇到了全新的神明概念，并且遇到了造物之神。过于强烈的冲击和对于知性的兴奋让我不住地颤抖。不管在哪儿看、看多少次，都难以相信这部电影是由人类之手所创造出来的。既抽象，又科学;既难解，又简单。没有一处不完美，又没有一处完美。是电影，又不是电影。再也没有一部电影能给我这样的感觉，其本身就是超越了电影的存在。这真的是人为创造出的东西吗？为什么那个时代能诞生这样的东西？自那以后，只要有机会我就一定会去看《太空漫游》，就像电影中的黑猩猩触碰黑石碑请求教诲一样。但是至今也没有答案，我甚至觉得不会有答案。即便如此我还是想去追寻，想踏上旅途。《太空漫游》是一场全新的、将银幕作为媒介的旅行。

  唯有《太空漫游》这样完美的电影才需要在完美的环境下观看。当然，通过电视和录像带我也看过很多遍，但本片果然还是要在大银幕上体验为好。70毫米胶片和宽银幕才能充分享受这趟旅行。虽然我是本片的粉丝，但无论是录像带、镭射碟还是DVD都完全没有买过。并非出于画质问题，而是因为像《太空漫游》这样的作品，我不想为了自己方便而做出暂停、快进、倒带的行为。

  不过在今年夏天，华纳推出了双碟装的白金特别版，我这才买了。因为是《太空漫游》，我情不自禁地去看了制作花絮和评论音轨。看完后我觉得，不太行。制作花絮里各种相关人士说着自己的见解、意见以及制作幕后的秘闻。我不需要你们对故事进行解释，不需要你们诉说过程的辛苦。会说话的黑石碑没有任何意义。自那以后，我就把DVD给封印了。

"Intermission"

冷战结束后，人类不再执着于太空，轨道空间站和月球基地并没有建成。发现号那样的星际飞船以及星际旅行所需要的冷冻睡眠装置、HAL9000这样拥有情感的AI也没有发明出来。电影所表现出的主题和世界观经过四十年岁月的洗礼，至今仍未褪色，反而依旧走在了时代的前列。即使是现在的数字技术和VFX特效也无法再现本片那超高的完成度。《太空漫游》绝不是一部过时的电影。

2008年夏天，《2001:太空漫游（新世纪特别版）》在银座的东京剧场重映三周。2008年正好是本片公映四十周年（美国首映时间：1968年4月6日/日本首映时间：1968年4月11日）以及库布里克诞辰八十周年。在重映最后一天的7月16日，我总算是有机会到东京剧场看这次的新世纪特别版了。不管看多少次都让我感动不已。能够再次在影院大银幕上观赏《太空漫游》的这份喜悦之情，令我真想向东京剧场的经理和那一定存在的宇宙之神好好道谢。重看这一遍后，我又有了新的感受。这部电影对我等靠创作过活的人来说就是那块黑石碑。阿瑟·克拉克好像在某个访谈里说过，当初预想时黑石碑并不是一块石板，而是一块屏幕一样的东西，上面会投影出制作道具的方法之类的影像。也就是说，在计划当初，黑石碑就是电影。在人类看来，拥有高度智能的外星人就是神。在宇宙的某处一定有着像神明那样的存在守护着我们。简单来说，这就是《太空漫游》的主题。但对我来说，这部电影本身就是那遥远先进文明的象征，就是那块黑石碑。自本片公映以来已经过去了四十年，时代发生了巨大的变化，如今是环境问题日渐严重和恐怖主义肆意蔓延的21世纪。冷战构造将成为人类向宇宙迈进的跳板——库布里克这份预言在某种意义上来说已经破灭了。他也没能料到现在半导体微缩化技术有着飞跃性的突破。即便如此，当今也没有一部影片能超越他的《太空漫游》。

"Jupiter and Beyond the Infinite"

禁锢于某个具体年代的故事，终究会在现实的追赶下腐朽。电子游戏也是如此，它不同于科幻作品，这种以高科技技术影像为卖点的商品自诞生之初就伴随着被消费之前就可能会过气的悲哀宿命。我十几岁的时候非常喜欢科幻，所以像等待生日的孩子那样期待着科幻作品中的未来变为现实的那一天。1970年代末在读了乔治·奥威尔的《1984》之后，有意识地把1984年作为与现实最接近的未来。当然，设定中的年份很快到来了，梦想变成了过去，需要再设定一个新的未来之年。进入1990年代，我把约翰·卡朋特《纽约大逃亡》中的1997年设为了新的目标。接着现实再度追上并超过了虚构，梦想又成了过去的残骸。21世纪的脚步声越来越近，下一个节点就是我所拥有的最后一把标尺，那就是2001年。最终，2001年也到了，并且我第一次懂得了一件事。《太空漫游》和其他科幻作品不一样，即使到了片中设定的年份，这部电影所展现的未来感也没有减弱半分。

在时代与我真正迎来2001年之际，我体内的时钟也停留在了2001年。当世界变得如《太空漫游》那般完美，当我们能够创造出超越《太空漫游》的作品之时，时钟才会再度走动。到那时，可能我们的木星之旅已经结束，已经再度踏上永无止境的全新旅途了吧。

就像电影的最后，大卫触碰了黑石碑，重生为星童那样。

在我的眼前，至今仍然矗立着名为库布里克的神明所设下的黑石碑。

（2008年12月）

天才傻鹏"这样就好了！"

《天才傻鹏^{天才バカボン}》赤塚不二夫/著

"太阳从哪里升起？"小时候每当听到这句话，我都会习惯性地哼唱起那首歌的片段。

"太阳公公 从西边升起
向东边落下（哎呀糟糕！）
这样就好了 这样就好了
鹏鹏 傻鹏
傻鹏
天才的一家 傻鹏。"

这首歌想必很多人都记得。这是人气动画《天才傻鹏》(首次TV动画化第一季/1971年9月25日—1972年6月24日）的片头主题曲中的一段歌词。

当然，歌词里讲的是错误的。在地球上太阳始终从东方升起，向西方落下。只要地球的自转方向不反过来，就不会出现太阳从西方升起这种事。这么简单的道理在学校的理科课上肯定教过。如果正儿八经在答题纸上写下那种答案，一定会被老师叫去办公室吃不了兜着走。即使如此，每当我想到"太阳升起的方向"的时候，肯定会哼起这首歌。那是因为这段歌词中那句"这样就好了！"给人的印象太过强烈了。先不说太阳在太阳系中，在物理世界也是绝对核心的存在。太阳从反方向升起来又怎么样！别在意，这样就好了！这首歌公开肯定了一个错误的观点，对我来说就像是一曲带有叛逆色彩的正能量摇滚乐一般。

在学习"右手"是哪一只手的时候，人们会用"拿筷子的那只手就是右手"这类话来教孩子。无论是谁，在身体和大脑能够反射性地记住这点之前，都会被反复念叨。与之相同，我独有的记忆"太阳升起方向"的方法，就是把天才傻鹏的歌里（太阳公公从西边升起向东边落下）所唱的给反过来。但是，我与《天才傻鹏》歌词的缘分并没有就此结束。我后来才发现，这段歌词的思考方式即是原作者赤塚不二夫的哲学以及生活理念的缩影。

如果要列举对我一生影响最大的漫画家，那就得说石之森章太郎和《天才傻鹏》的作者赤塚不二夫了。石之森的作品教会了我男人的勇气，赤塚的作品则教会了我幽默感。要说我在搞笑方面的师父，非这位天才漫画家莫属。当然，其他人还有卓别林、彼得·塞勒斯，以及The Drifters[a]。而松竹新喜剧、吉本新喜剧这类短篇喜剧也对我有所影响。但是，我的"搞笑"基础毫无疑问还是赤塚不二夫的"闹剧"。要说有什么特别的地方，赤塚的漫画与电影、电视、小剧场等明显不属于同一个媒介。漫画不是像情景短剧那样催着人去笑的剧场型媒介。当心情低落的时候，独自一人翻开书页，按照自己的步调，发笑。大家一起捧腹大笑固然重要，但有时候为了治愈自己受伤的心灵，内省的笑也是有必要的。通往明天的小小欢笑，能够让人们自己确认活着的实感的欢笑媒介，那就是赤塚的漫画。

我最早接触的赤塚作品应该是在电视上放的《阿松》。虽然有着以"Je！"为口头禅的"嫌味"和"豆丁太"这些人气角色，但

---

[a] 原为日本乐队，后成为以演出短篇喜剧闻名的组合，知名成员有志村健、加藤茶等。

第二章 在某一天、某个地方，喜欢上的那些种种

可能是我当时还小，到《猛烈太郎》的时候才真正领略到赤塚世界的魅力。幼年时因为我的额头比较凸出，家里人叫我"凸头八"，这个名字取自猛烈太郎的小弟。我虽然不喜欢这个称呼，但也不讨厌。赤塚的漫画不仅人气超高，动画也十分有名。应该就是从那时候开始，我在各个地方都画满了"混蛋猫、胶布毛虫、贝西蛙[a]"的涂鸦。赤塚笔下的角色很随性，画起来十分容易。当时的小孩子不管是否擅长画画，基本都能画出胶布毛虫。后来我上了小学，看到了《天才傻鹏》。虽然我不喜欢周刊漫画，但还是有买《少年Magazine》。并且就像我前面说的，电视动画的影响力十分巨大。大概从小学三年级开始，我整天沉迷于《天才傻鹏》，在各种地方留下了傻鹏爸爸的涂鸦，笔记本上、教科书上、画纸上、日记本上、学校的桌子和墙壁上。我甚至可以从侧面和正面分别画出傻鹏爸爸，这恐怕连漫画家的助手也会觉得有些难度。终于我到了闭着眼睛也能画出来的境界，这项技能我至今还保留着，人家找我签名的时候我也好几次在角落里画上了傻鹏爸爸。我估计这是我人生中画得最多的角色了。

很不可思议的是，《天才傻鹏》的世界里几乎没有什么固有名词（赤塚作品的特点），角色们甚至没有名字。傻鹏爸爸、傻鹏妈妈、眼睛连一块儿的警察叔叔、rerere的大叔。没一个角色有正经姓名，有的只是职业或者工种，最多也就是个昵称。这点和海螺小姐不一样。傻鹏爸爸没有确定的职业，也没有看到过他工作的样子，估计是无业（动画版是种树工人）。他们家如何维持生计是个谜。没有主人公傻鹏去小学上学的描写，没人知道他的成绩如何，也没有出

---

a 均是赤塚不二夫漫画中的角色。

现过傻鹏的朋友。这点和哆啦A梦又不一样。傻鹏既不是鲣男[a]也不是大雄。《天才傻鹏》中没有出现公司或学校这类社会场景，是一个人物极少的故事。舞台也不固定，每次故事要么发生在傻鹏的家里，要么就是无名小路上。毫无特点，极其普通的日常。在这个没有规则的奔放世界中，用超现实主义的手法描绘了极其非日常的日常。这是个人人都是傻瓜，人人也都是天才的世界。在这个奇异的世界中，过于纯粹不被规则束缚的所谓落伍者才是耀眼的天才。是一部和名字、家世、学历、地位等旧有的身份象征都无缘的奇妙漫画。

《天才傻鹏》毫无疑问对我产生了极大的冲击。这部漫画充满了无数当时超出常识的无厘头，无数在电影和小说中都不曾见过的台词。是从正经渠道绝对学不到的一种崭新的看待事物方式，一种古怪的思考方法。对我来说赤塚漫画不是所谓的"无厘头"，而是"新道理"。从那时候开始，我希望自己能成为一个既是傻瓜又是天才的人。

很遗憾，赤塚不二夫于2008年8月2日不幸去世，享年七十二岁。继石之森章太郎之后，我的又一位英雄离去了。不过他那无厘头闹剧的基因切切实实地传递给了后世。正是在这个未来被前所未有的阴霾所笼罩的时代，我们才越发需要赤塚带来的"欢笑"。

在他去世后，他的各种书和漫画再版，各家都出了不少特辑书、mook书。电视上还播放了名为《这样就好了!! 赤塚不二夫传说》的特别节目。相信有很多人会发现，他竟然留下了那么多的作品和名言。大家肯定都会重新审视这些给自己成长带来影响的作品，发现自己也是他的作品之一（他的孩子之一），并且像失去了真正的父亲那样感到深深的悲伤，为这份无可挽回的失去而哭泣。

---

a 《海螺小姐》中出场的人物。

/第二章/ 在某一天，某个地方，喜欢上的那些种种

　　我作为一家之主、作为父亲、作为人，一直都以赤塚不二夫的分身——傻鹏爸爸为目标。这份初心以后也不会改变，只是发现我的年龄居然超过了傻鹏爸爸的四十一岁。然而，到了这个年纪我还是没能达到可以称为傻瓜的程度。要成为天才就必须要成为傻瓜，要成为傻瓜就必须回归赤裸裸的本源。为了成为傻瓜，首先就必须是个天才。我不想在垂直方向上夹在傻瓜和天才中间，而是想与天才和傻瓜保持平行、并列。傻鹏爸爸有两句口头禅，"赞成的反对"、"反对的赞成"。我反复推敲着这两句话，相信自己有朝一日肯定能够解开赤塚不二夫设下的这个最大的无厘头的答案。

　　在傻鹏的世界，太阳从西边升起，向东边落下。

　　这是正确的？还是错误的？是天才？还是傻瓜？或者说是无厘头？这已经不重要了。

　　这是赤裸裸的我，是我和赤塚不二夫居住的赤裸裸的地球。

　　"这样就好了！"

（2009年2月）

打破行走之壳的我们
-音乐的解散与
便携终端所引导的未来-

WALKMAN（SONY）/iPod（Apple）

让我们提出一个问题，"假设接下来你要去某座岛上待几个星期，只可以带一件东西的话你带什么？"，现在的年轻人们会怎么选？我还是个孩子的时候肯定会犹豫再三，然后从脏兮兮的文库本里挑一册书吧。

1970年代，音乐、电影、电视、电话等等还不存在便携一说，最多也就是文库本和便携收音机。想要享受上述那些东西，只能在家里辟出一块小天地。

到了1970年代最后的夏天，一个划时代的发明出现了。那就是SONY出品的便携式立体声磁带播放器——"WALKMAN（ＴＰＳ－Ｌ２）"。自"岩波文库"诞生后五十余年，人类终于可以将"音乐"随身携带，成为了所谓的"行走之人"。

然而在当时，这份伟业并没能撩动我的心弦。对于母子相依为命的高一学生而言，那不是我能拥有的高价之物，所以知道有这么个事儿也就完了。

两年后的一个春天，我正在教室里打着瞌睡，同班同学把我叫了起来。

"小岛，你听听这个。"

随后，我手上就多了个连着耳机的小盒子。我照同学说的把耳机戴在头上，然后我的耳中，不，从我的身体内部听到了寺尾聪的歌声。那是 Reflections 这张专辑的第一首歌 "HABANA EXPRESS"。

"我的天！"

我震惊了。声音是立体的，我有种被音乐包围了的感觉。就像听高级立体声音响那样，和音乐从一个方向扑面而来完全不同。声音仿佛是从自己身体里发出的，视线里似乎也在流动着音乐，自己就像是身处声音的中心。

"这……这是啥？！"

这是我第一次接触到 "WALKMAN" 这个小盒子。个人用播放器对当时的我而言是不折不扣的奢侈品，所以我心里想的不是"现在就想拥有！"，而是"以后有机会的话想要拥有"。

不过到了第二年，状况发生了变化。我上了一所外地的大学，之前的学校都在家附近，我都是徒步上下学。而到了大学，则需要乘公共汽车或是电车，单程就得花上两个小时以上。这漫长的时间所积累的疲劳和压力必须找个方法来缓解。

1982年春天，因为有了这么个正当的理由，我得意洋洋地购入了一台 "WALKMAN"。是耳机上带有橙色海绵套的第二代产品，型号是 "WM-2"。

如同众多的 "WALKMAN" 用户一样，我很快就领略到了把"音乐"带着走的魅力。每天的日常变得像电视剧和电影似的。从电车上看到的风景、早已习以为常的街道、朝霞和夕阳、随着夜幕降临变得越发嘈杂的拥挤城市……当"音乐"实时加入后，一切看起来就变得不同了。真是一种不可思议的感觉。这和从音箱里听到音乐不一样，"音乐"深深介入到了五官所捕捉到的东西当中，强化了个人的记忆和感情。有人在车站和街角哭泣，有人欢快地从人行道和楼梯上蹦下来。"WALKMAN"让每一天的日子都充满戏剧化,这是只属于我一个人的配乐。

自那以后,我总是在听"WALKMAN",就算在家里也是。最主要的原因是我需要属于自己的"音乐"。我对"WALKMAN"如此上瘾,可想而知损耗率有多高,平均两三年就要送走一台。每当此时我就会买一台新的"WALKMAN"(中途也有劈腿到AIWA和Panasonic)。世代交替的时候,"WALKMAN"都会增加一些新的功能。录音功能、收音机功能,甚至还可以自动倒带回开头重新开始播放。除了新功能之外,SONY还推出了各种配色的版本,就像现在的手机一样变得越发时尚。

不仅是机器本体,耳机也在进化。从原来戴在头上变成了可以塞进耳朵里的大小(入耳式耳机),加入了遥控功能,有段时间还推出过无线版本。

"音乐"的载体也在以极快的速度发生着变化。1980年代中后期,能够把CD便携化的"Discman"发售了,接着到了1990年代,取代CD的新存储媒介MD以及"MD WALKMAN"开始登上历史舞台。

对我而言,"WALKMAN"是一个特别的存在,在历代"WALKMAN"的支撑下我度过了半辈子。失恋的时候、绝望的时候、犯错的时候、身体不好的时候、抑郁的时候、面对离别的时候、认识到死亡的时候、快要败给压力的时候、精神近乎被逼到极限的时候、人生遇到挫折的时候、创意枯竭的时候,"WALKMAN"在各种各样的局面下都毫无保留地支撑着我。"WALKMAN"就像我生命的一部分,和我一起进行着人生的二人三足比赛。

"WALKMAN"面世二十二年后的2001年10月,一个全新的发明改变了世界。由苹果公司推出的业界首款数字音乐播放器iPod发

The Gifted Gene and My Lovable Memes

售了。和既有的模拟媒介不同，iPod内置了硬盘，可将数据直接下载到机器中。磁带、MD之类的已经过时了，这是一场从模拟到数字化的飞跃性革命。转瞬间"iPod"就席卷了全世界，改变了人们的生活习惯。像我这样仍旧频繁使用"MD WALKMAN"的模拟派，在落后时代四年后的2005年也终于买了一部iPod（mini 6GB）。

2007年圣诞节我给儿子买了他的第一部iPod（nano）。一时冲动下我又顺便给自己买了部iPod classic（120GB），这是我第三部iPod（第二部是iPod5·5GB）。

随着数字播放器的出现，能够随身带着走的也不仅仅是"音乐"了。各种可以数字化的东西都可以装进这个盒子（pod）里。原本只是"音乐"专用的"iPod"也渐渐进化为"iPod touch"和"iPhone"，现如今已经成为了万能的数字便携终端。当中一定也有很多根本不装"音乐"的"iPod"用户。

手机、掌上游戏机、便携终端。虽然出发点各有不同，但都以扩张功能为目标不断进化着。虽然现在用不同的名称划分了范畴，但在不久的将来，所有的"便携机"肯定都会拥有同样的功能。到那个时代，不管是电视、收音机、动画、照片、音乐，还是网页、数据库、电话、游戏，肯定都能从房间中拿出去随身携带。无论国内外，可以带去世界上的任何角落，可以在任何时候不受打扰地一个人享受。从解放"音乐"开始的"行走之人"在经过数字化的浪潮后，成为了承载着一切的"个人之家（pod）"。反过来说，我们可以在任意的时间任意的地点，获得一个可以让我们从社会孤立出来的移动型外壳（pod）。

开头那个问题，"假设接下来你要去某座岛上待几个星期，只可以带一件东西的话你带什么？"，其实已经不用回答了。如果我们把问题修正为"不准带手机"的话，会怎么样？恐怕现在的人们都会说"不让用手机的岛我才不要去"。同时携带多种东西已经变为了可能。便携终端承载着诸多的娱乐、信息、生活习惯以及个人意识，他们把这些全部带在身上，当中根本没有"选择一个必要的带着"的主动意识。这不是把原本携带的喜悦给忘了吗？明明"选择"才是携带东西的精髓所在。放弃"选择"，"把自己的一切都全部装进壳里带走"，这将会导致人和社会的隔离。这个世界在与人对立之外，还是应该保持一种平衡才对。

假如还有东西尚未被便携化，人们接下来应该带些什么呢？还能带些什么才会使我们感到更加满足？这份便利性的背后真的会有幸福吗？

我一边想着，一边把耳机塞进耳朵。我今天也要做个"背着自我外壳的行走之人"。

（2009年4月）

The Gifted Gene
and My Lovable Memes

回到宇宙～游戏设计师归来～

宇宙

　　加加林飞向宇宙的时候，我12岁，正在匈牙利南部的利久哈拉村上学。村里的农夫都是很现实的人，对于这个非常超现实的新闻都不太能接受。人类居然离开地球到了那么远的地方，许多人拒绝相信这一点。

　　法尔卡什·拜尔陶隆（匈牙利宇航员）

　　如果人生中能有一次实现愿望的机会，如果这个神奇的魔法真的存在的话，我一定会毫不犹豫地说："我的愿望就是有生之年去一次宇宙。"不需要到月球或者火星那样奢侈的宇宙旅行，能够到大气圈外轻触宇宙、环绕着地球轨道飞行我就满足了。如果这个梦想可以实现的话，就算代价是让我舍弃迄今为止取得的一切成就、家人，甚至是自己的生命，我都在所不惜。对我，对我们来说，对宇宙的向往就是如此的强烈。

　　为什么这么想成为宇航员？这份憧憬直到今天依旧不变吗？答案很简单，因为他们是非比寻常的大英雄。换句话说，宇航员们是向前所未见的世界勇敢发起挑战的先驱者。是面对未知世界也毫无惧色，从严苛的训练中脱颖而出，将一个又一个的不可能化为可能的不屈开拓者。并且他们具有这项任务所必要的"正确部件"[a]（肉体、

---

[a] 原文为"The Right Staff"，美国于1983年上映了一部同名电影，讲述了美国历史上首批进入太空的宇航员的故事。

The Gifted Gene and My Lovable Memes

头脑、精神），是被选召的精英。宇航员不是一种职业，而是人人都憧憬的、心怀梦想之人的理想目标。

阿波罗11号登陆月球表面（1969年7月20日）给人们带来了无与伦比的冲击。我至今都觉得自己能够在现实中经历过这个历史性的瞬间实在是非常幸运，这给了我莫大的勇气和对未来的希望。还有阿波罗号飞船与联盟号飞船的对接（1975年7月17日）也给我留下了不同意义上的深刻印象。当时正值冷战最高峰，我自己身处西方阵营，对于作为东方阵营代表的"苏联"，就感觉他们都是些可怕的家伙。在这个充满误解的时代，位于大西洋上空2万公里的地方，美国居然和那些可怕家伙的太空飞船对接了。而且原本是敌人的他们还在狭窄的船舱内亲切握手。我盯着电视上的模糊画面，觉得自己正在目睹科学改变人们的偏见、改变时代的瞬间。这比柏林墙倒塌更让人感动。

向往成为宇航员的我，自然成为了一个科学宅男。每个月都会用微薄的零花钱购买 *Newton*、*OMNI*（日本版）等科学杂志。《宇宙》（卡尔·萨根）、《未知的世界》这类科学纪录片以及经常播放的太空探索的实况影片我都一期不落，优先级比最喜欢的电影还要高。虽然我数学一向不好，但对科学还是有着异常的执着，科学杂志和科学相关的电视节目比《花花公子》、*11PM* 更加让我兴奋。不自量力地看着 *bluebacks*[a] 和科学书籍，对生物、化学、地理课程也近乎偏执地更加用心。一切都是为了能够更加接近宇航员的境界，为了人类向宇宙迈进的未来做准备。

---

a 讲谈社推出的科普启蒙类读物。

我现在明白了我们为什么会在这里。不是为了更自信地观测月球，而是为了回头看我们居住的家园——地球。

阿尔弗雷德·沃登（美国宇航员）

实际上在我刚上高中后不久，就放弃了成为宇航员的梦想。日本虽然有一个特殊法人组织叫宇宙开发事业团（NASDA），但这个地方无法让你成为真正的宇航员（之后由于多次发射失败，该组织被合并、改名为独立行政法人的宇宙航空研究开发机构JAXA，并且放弃了将人送上宇宙的计划）。在美苏冷战时代，通过铁幕另一边的那个国家成为宇航员也是不现实的。因此通往宇航员的道路只剩下一条，那就是加入美国国家航空航天局（NASA）。但我又不是美国人，肯定加入不了NASA，又没办法变更国籍，所以只好放弃了。虽然很不可思议，但我居然在不知不觉中接受了这种单纯的借口。人在长大之后自然就会放弃曾经的梦想。

话虽如此，但并不是说我就放弃了上太空，我放弃的最多也就是宇航员这个职业。上了大学后，我经常把立花隆[a]的《宇宙归来》装在口袋里，这正代表我对去宇宙的憧憬一刻也不曾忘怀。

就在这时候，发生了一件事。一位并非宇航员出身的民间人士，通过别的渠道飞向了宇宙。虽然现在已经不怎么提了，但飞上太空的首个日本人并不是现JAXA的毛利卫先生，而是原TBS电视台的特派员秋山丰宽先生。1990年12月2日，记者秋山丰宽先生在前苏联的拜科努尔航天发射中心乘坐联盟号飞船，成为了首个飞向宇宙的日本人，成为了首个宇宙特派员。

"对了！还有这招啊！"

---

a 日本著名作家、评论家。

The Gifted Gene
and My Lovable Memes

我已经放弃成为正式的宇航员，进入了游戏业界。对于NASA没有参与到这项奇迹，而是由TBS的资本和俄罗斯的技术共同完成这点，我感到无比的不甘心。其实，更多是出于嫉妒。

那时我注意到，我不是单单"想要去往宇宙"，而是"想要作为宇航员接受训练，然后去往宇宙"。我所憧憬的是把不可能化为可能的宇航员们。所以在2008年时，当我听到一个游戏设计师飞上了太空的时候并没有感到惊讶，也没有像对秋山先生那样嫉妒。到达太空的第一位游戏设计师，就是就是以"创世纪"系列闻名全球的理查德·盖瑞特。去年（2008年）10月，在向俄罗斯方面支付了30亿日元后，他从拜科努尔航天中心出发踏上了前往国际空间站的旅程。

我在去往月球的途中是个工程师，回来的时候变成了人道主义者。

埃德加·米切尔（美国宇航员）

2009年是世界天文年。这一年是伽利略首次用天文望远镜观测天体四百周年，也是阿波罗11号登月四十周年。为了纪念世界天文年，各地都举行了各式各样的活动，也有诸多宇宙题材的电影相继上映。

2009年在日本上映的纪录片《月之阴影》(In the Shadow of the Moon)和BBC制作的纪录片《太空先锋》(Rocketmen)，希望对太空探索没什么了解的朋友们一定要看看。说句一点也不夸张的话，真的有一些年轻人不知道"在自己出生前就已经有人类到过月球"这件事。由此向这些朋友推荐上面两部影片。为什么我们这个世代会对宇宙以及宇航员如此向往，看过之后应该就能有所理解了。并不是说宇宙里有些什么,而是听到宇航员们说的话、看到他们勇于挑战的英姿,一定可以从中收获非常多的勇气,一定可以对未来满怀梦想,一定可以为自己与他们同为人类而感到骄傲。"对我们来说没有不可能!",因为人类四十年前就已经去过月球并成功返回了。

我们想要去往宇宙的理由,不是为了体验无重力,不是为了探索地外生命,不是为了在无尽的黑暗中感受孤独,也不是为了寻求无与伦比的危险带来的刺激,更不是为了能够炫耀独一无二的经验。而是为了去了解自己以及自己的职责,为了可以用全新的眼光来看待自己。

探索宇宙之旅也正是认识自己之旅。从宇宙回归即是向地球回归,而且也是"过去的自己"向"未来的自己"的一场回归。

某一天,在某个地方,我喜欢上了宇宙……从宇宙回望地球母亲时,我会看到些什么呢?

到那时,我这个游戏设计师又该回归何处?

一开始的一两天,大家都在指着自己的国家。到了第三天、第四天,又在各自指着自己的大陆。到了第五天,我们的脑海里只有一个地球。

苏尔坦·本·萨勒曼·本·阿卜杜勒–阿齐兹·阿勒沙特(沙特阿拉伯宇航员)

(2009年6月)

结语

从MEME到连接

结语
从MEME到连接

2016年6月，世界上最大的游戏展会E3于洛杉矶开幕。展前发布会上，《死亡搁浅》的首支先导预告片正式公开。距离2015年12月16日小岛工作室建立，过去了半年时间。

来到阔别两年的E3会场，这段时间发生的种种在我脑海中不断浮现。

仅仅两年的空白期，我却感觉好像相隔了几十年。

"I'm Back."我在舞台上的这句宣言，受到了会场中的观众以及全世界收看转播的人们的欢迎与鼓励。在这个瞬间我确信了，自己选择独立并继续进行游戏创作这条路没走错。

就像本书开头所说的，我们一边寻找人员、技术和办公场地，和主演诺曼·瑞杜斯见面并发出邀请，然后花了大概两个半月的时间做出了这支预告片。在E3的三个星期前，我们才搬到现在的办公室。

这种情况下我们仅凭自己的力量就发布了这部新作，这么说估计没人会信。

虽然听起来可能很矛盾，但正因为没有进行外包和分工，才使之变为了可能。

不仅是好莱坞的大制作电影，游戏行业为了提高工作效率进行外包和分工也是常识。但我没法儿全盘肯定这种方法论。

因为我想通过自己的眼睛、脑袋和身体去尽可能地审视事物的好坏,来找出那百分之十的"中奖"。这种行事风格可以说已经深入我的骨髓。

就像我每天都去书店一样,我每天也会去工作现场。每当出现问题的时候就给出适当的指示,在现场解决问题。正因如此才能在人手少、时间又短的情况下制作出高质量的东西。这也是我创作的信念。

在书店里不能用搜索的方法直接找出"中奖",创作现场也没法搜索出正确的解决方案。因为它只在你自己的心中。因此我们只能不断磨练自己的感性和眼光。

通过ME+ME与世界连接在一起。

在本书的原版中,我曾如此写道。MEME通过人与人的连接才得以传承下去。不管是怎样的人、怎样的东西都会有故事。所谓ME和ME连接在一起,就是超越时代和地域,读到故事、讲述故事并将之传达给其他人的行为。

不管是怎么样的东西、怎么样的人(ME)都有故事。这些故事在不同时候、不同情况下被"读到",产生的解释也会有所不同。哪个部分可以模仿、哪个部分要进行扩展都取决于个人。这种行为经过不断重复、积累,就会产生新的MEME。

ME这个复数的碎片会在一个瞬间合而为一。

平常根本不会注意到的事物,突然连接到了一起。这种看似偶然实际上是必然、是早已注定的一场相遇。至少我是这么理解的。

这不是什么超自然现象也不是神迹。主动去"读到"、去"相遇",就能自己创造出连接。我认为新MEME的创造就包含这样的背景。

说起来,之前在E3上发布的首部先导预告里使用了Low Roar乐队的歌曲,这当中的相遇就是如此。

那还是《死亡搁浅》连影子都还没有的时候。我去冰岛旅行,当时乘坐的出租车的司机是有着"冰岛JOY DIVISION"之称的乐队KIMONO的成员。我去了他推荐的一家CD店,选了些心仪的CD。在收银台准备付钱的时候,当时店里播放的歌曲引起了我的注意,一问之下才知道那是Low Roar的歌,于是一并买回了国。

在这个时点,还只是ME,还并没有发生相遇。虽然在我的意识深处已经有所成形,但尚未作为新的MEME诞生。

在不断尝试预告片的选曲过程中,Low Roar的"I'll Keep Coming"就那么突然浮现在了我的脑海里。

如同一开始就已经定好了似的,ME和ME结合到一起,诞生了新的MEME。

因为是发布完全新作,考虑到市场因素的话,也许应该用更主流的音乐才对。但这样做就好比在电脑上搜索"新作 大卖"一样,只会出现既已存在的结果。

不仅是音乐,以诺曼·瑞杜斯和麦斯·米科尔森为首的《死亡搁浅》中的演员们也是一样。看了他们的作品,喜欢上了他们。喜欢上了,就会想去见他们,希望有朝一日能和他们一起工作。经过这样的过程,在和他们实际见面后瞬间就会明白,和他们一起工作肯定会很顺利。和友情出演的电影导演吉尔莫·德尔·托罗、尼古拉斯·温丁·雷弗恩也是这样相遇的。和雷弗恩导演见面时他甚至说,"就像是和少年时的伙伴再会一般"。

这正是通过在书店磨练出的找出"中奖"的那份嗅觉,才创造出的连接。我对此深信不疑,所以才敢这么说。

The Gifted Gene
and My Lovable
Memes

创造商品、创造能够让世人普遍接受的东西的方法之一，就是以过去的成功经验为基础，再加入各种可能的卖点。我不否定这一点，但也不想这样做。因为这一点也不有趣。

如果今时今日就此停滞，那以过去的数据为基准功利性地去做东西也许会很好。但明天一定会到来，过去的东西不可能永远通用。昨日的经验不过是选项之一，昨天是这样所以今天也一定是这样，这是绝对不可能的。

不过，如果拥有昨日的经验，那对于创造出新的连接就会抱有自信。所以我读书、看电影、听音乐，去美术馆和博物馆，去和人们相遇。

从历史中吸取经验用以创造未来，不过是上述行为的不断积累而已。

只是对人的MEME、对过去的MEME模仿是无法创造未来的。只从商业角度考量，也许确实是风险较小的一种办法。

但是我认为，ME+ME的这个"+"需要通过连接。人会喜欢上拥有自己所没有之物的人。恋爱如是，朋友之间的关系也如是，作品更是如此。相近的基因持续融合会丧失多样性，从而走进进化的死胡同，MEME如果没有新的连接也就不会产生进化。

人的一生中可以遇见的人是有限的。MEME也是一样，更别说找出那10%的"中奖"了。但通过书籍、电影、音乐，我们可以和远超现实数量的人相遇，凭此获得更加丰富的经验。

人从父母那里继承的基因是不全面的。从现实人生中获取的各种经验，再加上自书籍这样的"装置"中汲取的MEME，融汇到一起，才能作为一个"个体"得到成长。

在做游戏之前，我还是个默默无闻的学生，单纯享受着故事传达出的MEME所带来的恩惠。对自己的未来感到烦恼时，我把故事作为指针进行参照，体验那些未知的时空，拓展自己的世界，磨练看待事物的方法和嗅觉。

之后我进入游戏业界，开始以创作为生，对待故事的立场也发生了变化。如何去连接、连接后该怎么办、"+"的使用方法以及性质都改变了。这已经不是只属于我自己的事了，要考虑到我的作品将成为MEME，与玩家甚至全世界连接到一起。它将帮助人们向前迈进，在止步不前的人背后推上一把，然后这个世界将会变得更加美好。为了能做到这一点，该如何将ME和ME连接起来、该如何创造MEME这样的问题一直萦绕在我心头。

持续进行创造事物这种行为，使我感到无与伦比的孤独。压力与不安也一直侵扰着我。这时拯救我的，就是那些和我拥有相同意识的人。作家、导演、艺术家们那样不断表达着自己的人自然不说，那些将ME和ME连接到一起，想要创造出MEME的人们的艰苦奋斗，将我从孤独当中拯救了出来。这份艰苦奋斗所传达出的，就是故事这个MEME。

远方某国的某人，创作出了一件十分厉害的作品，而且还大卖了。每次看到或是读到这种事，都会让我觉得自己还需要更加努力，促使我再向前迈进。

打个比方，在还没有人到过月球的时代，如果说出"我要到月亮上去"这种话，人们脑中应该首先会冒出"人类怎么可能去得了那种地方"的念头。但是，远方某国的某人完成了这项壮举，那么这个国家、这个人就成为了英雄。

原来月亮真的可以去啊。一旦知道这点后，就不会再去在意那些否定你梦想的人，你就可以更加发奋努力。

人类从遥远的过去就开始编织飞向月亮的故事，这也是一种连接。所以登月才成为了现实。

故事和小说经常被批判为是逃避现实，但虚构的小说中也存在着真实。只要利用这部分真实先发制人，就可以变成为纠正现实而战的一种手段。

我相信故事和MEME的力量。它们使人、使世界更加丰富多彩。所以我想讲述故事、留下故事，把更多的故事传达出去。它们连接着人与人，连接着世界和时代。它们将成为"创作的基因"，向人们展现出一个前所未有的世界。

希望"我所爱着的MEME"能把我和"您"用牵绊（绳索）连接到一起，创造出新的MEME。

带着这个愿望，我今天也要到书店去，寻找那尚未遇见的牵绊。

2019年7月 小岛秀夫

【对谈】

连接是什么？星野源×小岛秀夫

对谈——连接是什么？
星野源x小岛秀夫

星野源

　　1981年生于埼玉县。音乐人、演员、作家。2010年以专辑《笨蛋之歌》出道。2016年10月发行单曲《恋》，作为其本人出演的电视剧《逃避可耻但有用》的主题歌引发强烈社会现象。2018年12月发行第五张专辑POP VIRUS。次年8月，发行了总共33万人次参加的五大巨蛋巡回影像作品DOME TOUR"POP VIRUS"at TOKYO DOME。著有《生活还要继续》《工作的男人》《星野源杂谈集1》《从生命的车窗》《苏醒的变态》等书。主演电影《搬家大名！》已于2019年8月上映。

　　小岛：和源先生第一次见面是在什么时候？

　　星野：应该是在2012年POPEYE杂志的连载企划"让星野源崇敬的12位日本人"的那次对谈吧（收录于《星野源杂谈集1》）。

　　小岛：也就是说，我们已经认识七年了。

　　星野：七年！竟然已经这么久了⋯⋯在进行本次的对谈前，我恰好在家里把《潜龙谍影》系列的剧情动画给回顾了一遍。在《潜龙谍影4 爱国者之枪》里有这么一个场景，Big Boss在The Boss的墓前回忆她曾经说过的话，"尊重他人的意见，并且相信自己的意见。"游戏是在2008年发售的，恐怕小岛监督想到这句台词是在更早之前，在那个社交网络还没有普及的时代吧。我觉得这句话正是如今最需要的一种态度。尊重他人的意见也就是尊重自己的意见，认同他人的存在也就是认同自己的存在。但这是大家都很难做到的。当年我在玩游戏的时候就为这句台词所触动，但直到最近我才重新意识到小岛监督居然早在十多年前就抱有这种想法，而且还能融入到故事之中。像小岛监督这样能在作品中向玩家传递信息的纯粹创作者实在太少了。我非常喜欢您这一点。

另外，我相信应该有很多人都说过，小岛监督您那种独有的幽默表现形式，我真是太喜欢了。比如放下手柄它自己在那儿震动这种。诸如此类实在是让人忍俊不禁。

小岛：那个啊，我作为创作者其实偶尔也会吓一跳。

星野：这些幽默的小点子我们可能也就在开会的时候说上两句"真有趣啊"就完了，但小岛监督是怀着信念把这些做进游戏里的，就像是在问玩家"是不是超有趣啊？"。我自己就是那种"在生活中一直思考有没有什么可以放进音乐里或是自我表达里的点子，并通过团队将其实现"的人。所以每当我在小岛监督的游戏里体验到那些幽默的时候，总是能再次坚定"为了实现有趣的想法，绝不能半途而废"这个信念。

小岛：我在平时生活中会不断思考着各种点子，就像是伸出了感知的天线，在我周围三百六十度旋转。这样可辛苦了。但像这样全心投入感受着周围的事物，在脑海中反复思考那些引发自身感性的东西，再将它们以某种形式展现到这个世界上，这就是所谓的创作。能做到这点的人，就什么都能做得到。不过在日本，于某方面能做到极致的人会被当作就只能做这些，简直是胡说八道。

就好比源先生，现在既在做音乐又在做演员，随笔写起来也是得心应手，可把我给气坏了（笑）。能做到这点，就是因为你平时一直像这样不断接收各种事物并且进行思考。展现形式是文字的话就是随笔，如果是歌词和声音的话就成了音乐。也有可能成为身为演员时的演技。

我也一样，持续向周围张开着天线，三十多年来一边接收各种刺激一边做游戏，所以做游戏本身并不会让我感到有多吃力。在今年11月，我花费三年半时间制作的游戏《死亡搁浅》就要发售了。

星野：三年半……时间倒也不长。

小岛：这次我首先是成立公司，这点比做游戏更加麻烦。独立之后我不仅要找能一起做游戏的人，还要找做游戏的地方。毕竟我从公司辞职后就失去了所谓的"信用"，为了成立公司需要借钱，这也费了好一番功夫。不过值得庆幸的是，没想到我做过的游戏的那些粉丝，会在各个方面给了我很大的帮助。这次《死亡搁浅》启用好莱坞演员，也是因为他们喜欢"潜龙谍影"，以此为契机，我遇到了那些凭自身兴趣来选择工作的演员们。能在互相抱有"喜欢"这种感情的前提下直接见面，真是太难得了。

星野：如果中间隔了其他人，那想要传达的东西也有可能传达不到。明明直接面对面交流就可以很轻松地传达，但经常会被各种事情所阻碍，最后就会变得没那份心情了。

在小岛监督这样的大前辈面前这样说也许有些班门弄斧，但我确实深有体会。就感觉自然而然想要做的事，会变成世间的新事物。

小岛：想要去做的事情永远不会消失，因为世上的技术在不断进化着。我完全没有点子枯竭方面的困扰，虽然家里人会经常说我。他们明明应该和我站一边的才对，却老是跟我唱反调。我是打心底里觉得"有趣"才做的，他们却会说"这种事从来没人做过，你肯定也做不好"或"这种东西哪里有趣了"之类，还会用"这种事情肯定办不到的啦"来阻止我。不过啊,不可能这种事其实相当少见。

阿波罗计划的成功都是五十年前的事了。三位宇航员去往了谁也未曾踏足过的月球表面,并且成功返回。听到这个,你不觉得没有什么是不可能的吗?但话说回来,如果你自己都觉得没什么意思的话,还是赶紧停下来为好。你在作曲的时候也一定有过这种情况吧。

星野:有的。我有一首歌已经写了八成左右了,就突然想要么还是稍微停一下吧。因为我知道这首歌就算写完了,也不是一首能让人感到兴奋的作品。

小岛:游戏不实际上手玩是不会知道它是否真的好玩的。玩了之后如果觉得没意思,需要去判断究竟是"自己出了点子也没意思",还是"因为自己没有出点子所以才没意思",这十分重要。

在制作《潜龙谍影》[a]时,也是首先确立了"躲避和逃离敌人"这个游戏理念后,再尝试制作成游戏并试玩。要是不好玩怎么办?到底是因为没有将"躲避和逃离敌人"这个理念彻底融入游戏导致不好玩,还是由于"躲避和逃离敌人"这个行为本身就没意思呢?我们必须要好好检讨,如果是后者,就要立刻终止游戏的开发。如果对市场过于言听计从,就无法作出壮士断腕的决定,做出来的也只能是烂大街的平庸之作。

星野:要进行创作就得成为制作人,在最早的对谈时您也这样说过。我自己可以说就是"星野源"的制作人,所以基本上不会有别人对我指手画脚地说"这样不好""你给我做这个"的情况。但相反的,我必须自己作出所有的判断,好像一直在和自己战斗一样。

为《哆啦A梦 大雄的金银岛》演唱主题曲的时候也是一样,既

---

a 此处为系列首部作品《Metal Gear》,1987 年在 MSX 平台发售。

然是为《哆啦A梦》写的歌,那歌名叫《哆啦A梦》的话一定会很有趣,于是我就这么提了。果不其然公司方面给出了"不,这个我觉得不行"的回应。说是会涉及到商标权的问题,还说"这个标题本来就代表着很厉害的原作了,再把它作为主题歌的名字不是会很难操作吗"。但是我发现,最近的动画基本没有把原标题直接用作主题歌歌名的。正是因为大家现在都不这样做了,所以我直接用《哆啦A梦》这个无人不知无人不晓的名字来命名主题歌才显得更有意义。而且我不是以一个专为动画作曲的职业作曲人的立场来做这件事的,而是作为一场联动,因而不算是最激进的方案。所以我也不甘示弱,就说"请起码先问问有没有可能吧"。当然了,作为大前提来说必须尊重原作,是肯定要考虑在内的因素。此外,向工作人员们传达出"至少也要取得藤子工作室和SHIN-EI动画方面的许可"的热情也是必不可少的。当开展工作后,大家也从"这样搞人家不会生气吧,好可怕"的模式转为"如果能做到就太好了"的态度。最终,大家在热烈的气氛下完成了全部工作,真是一段宝贵的经验。

小岛:源先生,我觉得你肯定适合做游戏。

星野:不可能的!(笑)但我估计小岛监督能当音乐人。

小岛:因为我基本上什么都想亲力亲为,虽然也确实很想做音乐,但对此一窍不通。有时候突然来了灵感,嘴里哼哼两下,心想"哟,这个说不定能做",结果发现是我以前听过的歌,这时候就会好失落。

星野:怎么说呢,我觉得小岛监督只是还没有正式开始。如果设定一个期限必须要作出一首歌并发布的话,应该就会开始创作了。因为喜欢,所以要拿出最好的作品这种心情我可以理解,但如果就算做得不好也必须要发布出来，小岛监督或许也能做音乐了……

小岛：原来如此，让作品能够问世这点确实很重要。《死亡搁浅》是一款相当新颖的游戏，我很在意世间对它有怎样的认识。有的人在难过的时候会一个人去爬富士山，爬着爬着就觉得，我这么辛苦是干吗啊，中途可能就放弃了。但如果能坚持爬到山顶看到那壮丽的风光，就会觉得一直以来的辛苦都得到了肯定，甚至还会情不自禁地流下眼泪。《死亡搁浅》就是这样的游戏。不坚持到最后是无法体会其中的感动的。

星野：究竟是怎样的一款游戏啊……主题是"连接"对吧？

小岛：也许会有些剧透，主人公山姆·布里吉斯在游戏过程中会遇到一个"需要定期给他送药否则就会死的男人"，身为派送员的山姆接下了委托给他送药，这就和他产生了连接。但这和游戏的主线剧情关联不大，有的玩家也许会忘记送药，那么这个男人就会死。

星野：哎，这个设定让人有些心痛。

小岛：所谓连接，就是要对彼此连接的人承担起责任。我想让玩家自己去体验连接与切断连接这件事。

星野：不仅是台词和故事流程本身，自己在游戏中的行为也要经过深思熟虑，我认为这就是小岛监督的游戏令人赞叹之处。《潜龙谍影3 食蛇者》里由玩家自己选择是否杀死The Boss的场景，我至今记忆犹新。

小岛：我想让大家体会只有在游戏中才能体会到的、并且是其他人都未曾做过的事情。不然的话做游戏也就没有意义了。

《死亡搁浅》中不会像开放世界网游那样直接遇到别的玩家，但当你经过别的玩家之前走过的场景时，可以对这个玩家留下的东西进行"点赞"。

比如源先生在游戏中的某条路上建了一个可以播放音乐的"装置",之后别人经过这条路时,虽然不能直接见到源先生,但只要靠近源先生建造的"装置"就可以听到音乐。为什么这里会有这种"装置"?仅仅是因为"喜欢这支曲子"吗?也许背后有什么别的玄机,但确实可以感受到和他人之间存在着连接。这段本是孤独的旅程却又感觉你并非总是孤独一人。

如今这世上,人们可以通过社交网络轻易地取得联系,人们之间的关系都是有话直说。在交流的时候不使用想象力也可以获取需要的信息。和通过网络建立起的连接不同,《死亡搁浅》想要表现出的连接是一种间接的连接。我想讲述一个要动用想象力来感受他人存在和思想的故事。

星野:确实,正因为是间接的,所以才能更加强烈地感受到他人的存在和思想。就像楳图一雄先生的《漂流教室》里面的母亲一样(笑)。真想快点玩到啊。

另外在游戏里还加入了能听到我的歌曲的地方,真是非常感谢。

小岛:是这样的,游戏里有个被称作"私人套间"的地方可以听歌。请在玩的时候务必尝试一下。正是因为和源先生有了连接,所以才得以实现。创作这件事,必须要和人、作品、历史以及各种各样的东西产生连接才能做到。基于这些创作出来的作品,可以成为他人前进的动力,可以让世界得到进步。只要我一息尚存,我就会继续坚持做下去。

(2019年8月)

原作名：《創作する遺伝子 僕が愛したMEMEたち》，作者：小岛秀夫
SOUSAKUSURU IDENSHI : BOKU GA AISHITA MEME TACHI　by Hideo Kojima
Copyright ©Hideo Kojima 2013
All rights reserved.
Original Japanese edition published in 2019 by SHINCHOSHA Publishing Co., Ltd.
Chinese translation rights in simplified characters arranged with SHINCHOSHA Publishing Co., Ltd.
Chinese translation copyrights ©2021 by Guangzhou Tianwen Kadokawa Animation & Comics Co., Ltd.
著作权合同登记号：01-2021-5596

图书在版编目（CIP）数据

创作的基因：我所爱着的MEME们 / （日）小岛秀夫著；The Sorrow译. —— 北京：新星出版社，2022.4
ISBN 978-7-5133-4809-6

Ⅰ.①创… Ⅱ.①小… ②T… Ⅲ.①故事—作品集—日本—现代 Ⅳ.①I313.45

中国版本图书馆CIP数据核字(2022)第031581号

本书为引进版图书，为最大限度保留原作特色，尊重作者写作习惯，酌情保留了部分外来词汇。特此说明。

创作的基因：我所爱着的MEME们

[日] 小岛秀夫 著；The Sorrow 译

责任编辑：李文彧
特约编辑：张启健
责任印制：李珊珊
装帧设计：罗毅俊

出版发行：新星出版社
出 版 人：马汝军
社　　址：北京市西城区车公庄大街丙3号楼　100044
网　　址：www.newstarpress.com
电　　话：010-88310888
传　　真：010-65270449
法律顾问：北京市岳成律师事务所

读者服务：010-88310811　service@newstarpress.com
邮购地址：北京市西城区车公庄大街丙3号楼　100044

印　　刷：凸版艺彩（东莞）印刷有限公司
开　　本：890mm×1240mm　1/32
印　　张：7.375
字　　数：200千字
版　　次：2022年4月第一版　2022年4月第一次印刷
书　　号：ISBN 978-7-5133-4809-6
定　　价：49.00元

版权专有，侵权必究；如有印装质量问题，请致电：020-38031253